阳光文库

天籁回音

TIANLAI HUIYIN

刘向忠｜著

黄河出版传媒集团
阳光出版社

图书在版编目（CIP）数据

天籁回音 / 刘向忠著. -- 银川：阳光出版社，2021.10
（阳光文库）
ISBN 978-7-5525-6137-1

Ⅰ. ①天… Ⅱ. ①刘… Ⅲ. ①散文集 – 中国 – 当代
Ⅳ. ①I267

中国版本图书馆CIP数据核字(2021)第213272号

阳光文库 · 天籁回音　　刘向忠　著

责任编辑　杨　皎　陈建琼
封面设计　晨　皓
责任印制　岳建宁

黄河出版传媒集团
阳光出版社　出版发行

出 版 人　薛文斌
地　　址　宁夏银川市北京东路139号出版大厦（750001）
网　　址　http：//www.ygchbs.com
网上书店　http：//shop129132959.taobao.com
电子信箱　yangguangchubanshe@163.com
邮购电话　0951–5047283
经　　销　全国新华书店
印刷装订　山东新华印务有限公司
印刷委托书号　（宁）0022083

开　　本　720 mm × 1000 mm　1/16
印　　张　14.5
字　　数　150千字
版　　次　2021年10月第1版
印　　次　2021年12月第1次印刷
书　　号　ISBN 978–7–5525–6137–1
定　　价　36.00元

目 录

第一辑 | 故园

第二辑 | 岁月

第三辑 | 天籁

第四辑 | 行走

北象山下

火会亮

在西海固，每个县城旁边似乎都有一座山，这些山不但有名、有景，且几乎都很讲究，有些来头，当地的志书大都记录有关于它们的典故传说。其实，这些山也都是些极普通的山，与西海固其他地方的山，看上去并没有什么两样，只是它离县城近，常有人光顾，久而久之，就变得有些不一样了。在当地，这些山的作用极大，它往往是人们修身养性、强身健体的最佳去处。这一点，生长在平原上的人是体会不到的。登山的过程本就趣味无穷，等登上山顶，一身汗一出，身体虽疲累，精神却一下子豁然开朗，像被什么净化了一样；坐在山顶，鸟瞰一下自己每天生活的那些火柴盒一样的地方，便感慨，终日忙碌，原来竟和一只小小的蚂蚁没多少区别，心头不由一震，精神境界一下子提高不少。于是，这山和这人从此便有了一种纠缠不清的缘分。

山上有景，名字也讲究，如傍着西吉县城的叫北山，靠近海原县城的叫牌路山，固原的叫东岳山，泾源的叫堡子山，彭阳的叫灯盏山，隆德的叫北象山。在我的印象中，这些山还培养了许多文人情趣，只要是在这里生活过的人，没有人不在意一座山的存在。换句话说，这里的人，只要是常常舞文弄墨者，大多以此为摹写对象，花花草草，寄托情思，这有点像江南的文人之于烟雨，之于水。

我自己就因为在固原生活了十多年，而多次写过那里的一座山——东岳山。

基于以上判断，于是，我便形成了另外一种思维——如提到某某县城或某某山，我便自然会想起住在那座城里、或那座山下的某位朋友，而这位朋友一定是与写作有些关联的。

如刘向忠。

刘向忠住在隆德县城里。

他每天面对的自然就是北象山。

为什么叫北象山呢？据《隆德县志》记载，山在城的北边，形似大象，故名北象山。相传此山脚下曾建有一座祠宇，名韩魏公祀，是专为祭祀宋代抗夏名将韩琦而建，不过现在早已不存在了。祠宇不在，风景却依旧。春天，这里桃花盛开，落霞铺地，踏青赏景者络绎不绝。秋天，山上又是另一番情景，松涛阵阵，满眼皆绿，感物伤怀和遣怀散心者比比皆是。现在，山上建起了一座公园，园内牌楼凉亭，浓荫覆地，如果要上山，则可沿园内石条台阶拾级而上，至山顶，一凌空阁楼前题一联云："日观千家户，夜赏万盏灯”。真是道尽了此山的妙处。

刘向忠住在北象山下，但他并不像陶渊明住在南山下——每天喝喝茶，吃吃酒，采采菊花，优哉游哉，兴致浓时，还会独自驾一叶扁舟，寻觅梦境一样的桃花源。刘向忠则每天还得东奔西走，“为五斗米折腰”。早些年，向忠在一家商业系统单位工作，后来单位解体后，在老商城租得一角货柜，操持营生，养家糊口。因为他爱好文学，时不时会来固原走走。我那时碰见他，总见他行色匆匆、一副风尘仆仆的样子，当街立住，问候几句，笑一笑，招招手，绝尘而去。后来大约日子好过了，才见他脸色红润起来。

其实，我与向忠相知，还是在固原的一些文学聚会上。那时大家写作的兴致正浓，每次相聚，总是一来一大帮，除去开会，便是斗酒、斗嘴，当然偶尔也谈文学。向忠不喝酒、不抬杠，别人在那里高谈阔论，他则笑眯眯地坐在一旁，倾听、喝水、想事情。向忠是那种看上去柔弱、腼腆，实则性格刚硬的人。由于性格的原因，每次相聚，他是最容易被人忽略的一个，似乎有他没他一个样，但事后想想，他的许多妙处便会悄悄浮现，使你无法对他忘怀。

前些年，我曾在报纸副刊编发过向忠的一些散文随笔，从他看似散淡、或不经意的书写中，我能强烈感受到他内心的平静与不平静，热烈与不热烈。于是，在一本西海固作家的合集中，我曾写下过这样一段话：“坚持散文创作多年的刘向忠，善于撷取生活中曾经常见的物象，通过深情的描绘，表达自己对生活的无比热爱，和对故乡热土的深情厚谊。他看似平淡的文字背后，埋藏的其实是一种炽烈的浓情深意。”现在看来，这段文字还是能从一定程度概括他的散文写作的。

其实，他的写作体裁涉猎极广，有散文、随笔、小品、游记，还有一些夹叙夹议的散记随感，不论写哪类文字，向忠的态度都是真诚的、可感的，似乎在决意表明自己的有情有义，多感多思。而在一些叙写内心波澜的和一些表现自己对故土情思的文字中，向忠则又显得气韵通畅，思绪飞扬，似乎自己本身就是一位不错的诗人。

多年来，向忠一直坚持写作，红不红，得奖不得奖，他都一直在写，似乎除写作之外，其他都与自己无关——其实，在西海固，像向忠这样的写作者，还有一大批，他们默默写作，信念坚定，只计耕耘，不问收获，正是他们的坚守或坚持，所谓的西海固文学才多姿多态，根深叶茂——从一定程度讲，他们才是西海固文学真正的堂奥或基石。

记得多年前，固原电视台曾拍过一些电视散文——就是把已经发表过的散文拍成画面，再配以深情的朗诵——其中就有向忠的一篇：《西海固的脚步》。向忠在画面中走，走，一直走，走着走着，文字结束了，画面也停止了。这时向忠坐在一面山坡上，目视远方，若有所思——这时我感觉到，柔柔弱弱的向忠，竟也有稳如山石的一面。

他所坐的那一面山坡，或许就是他老家的北象山——如果是北象山，他在思考一些什么呢？

2014年9月15日午后

天籁之声，心灵回音

张　铎

2014年7月，我回固原参加一个作品研讨会，又一次见到了刘向忠，相谈甚欢。也许是五年前为他写过一篇短文《行吟诗人》的缘故，向忠希望我为他的第二部散文集《天籁回音》写篇序。写序谈不上，但谈谈读他散文的体会，倒是可以。也是在那次研讨会上，我曾说西海固文学有两个值得注意的现象：一是中年现象，即如今成名的不少作家、诗人，人到中年才开始创作；二是散文崛起，继小说、诗歌之后，散文异军突起。最近，固原市就有两名作家的作品集获冰心散文奖，势头令人惊喜，刘向忠就是其中有代表性的一位。

过去读向忠的散文，感觉他是一位行走在家乡土地上的行吟诗人，笔锋常带感情，总是贮满一种浓浓的诗意。这次读完《天籁回音》，我感觉向忠散文写作变化较大。一是视野开阔，题材丰富，有写人、记游、状物、乃至读书笔记，不拘一格，且笔墨简洁，平易质朴；二是文章也不像过去那么大红大绿，感情强烈，而是显得真挚亲切，比较自然，有一种特别的情趣。

“在这干旱、少雨、缺水的地方，我喜悦地看到一池又一池秋水，清澈见底，波澜不惊。让大地滋润，让天空明亮，让阳光温柔，让心灵安慰。”

这段文字，初读感觉一般。再读，始觉有珍珠藏于其中。一个常年生活在干旱少雨地方的人，突然看到“一池又一池”清澈见底，且与长天一色的秋水，怎能不“喜悦”？这一池一池清清的秋水，不但让大地滋润、天空明亮、阳光温柔，而且让心灵得到安慰。“于是，我和儿子走向水池边，坐在水池边，让秋水抚平心中的不愉快，让秋水洗涤心中的烦恼……”一波三折，跌宕起伏，在这不厌其烦的叙述中，作者心态平和，感情深沉多了。他不再直接抒发自己的喜怒哀乐，而是借助具体可感的形象，平静地描述自己的情感波澜。又如《村庄里的窖》：

“待我们把洋芋堆成一个又一个堆之后，就开始往回运送，有时候人背，有时候用架子车拉，有时候驴驮，山道上到处听得见人的声音，架子车的声音，驴嘶马叫的声音……”

前面所引的文字，还有一些带感情色彩的词语，诸如“喜悦”等，而这段文字没有一个有感情色彩的词语，似乎也没有一句抒发感情的句子。在这不慌不忙、娓娓而谈的叙述中，在那各种声音的交响中，在那熟稔的情景中，却让我们感受到了一种丰收的喜悦，以及浓郁的时代特色，但作者就是不直说，而是让形象说话，让读者自己去体会。这样的文章，当我们再读时，和初读时的感觉明显不一样，越嚼越有味，甚至把洋芋堆成“一个又一个堆”中的数词、量词，在这里也显得不同凡响，颇富韵味。作者在《阳光照在身上》中写道：

“站在一棵油松旁，我忍不住伸手抚摸着他好看的针叶。针叶明显泛青、泛绿……我说不出这是什么绿，这绿在阳光下呈现着生机和活力。我像和他一次次握手一样，默默地交流着，除了感激和敬畏，我还应该，对他说些什么？”

这“经历了漫长寒冬的颜色确实让人感动不已。”色彩如画，节奏如乐。这是写油松，还是写人，我们已分不清了，有的只是“阳光照在身上，清风一阵一阵吹过，你感觉不到寒意，却有清凉和惬意的快感不断漫过心田。”刘向忠前期的散文，具有像诗一样一下子就能打动人心的力量，让读者深受感染。而现在的散文，则需要静下心来，从容品味，才能够谛听到一种悠远的天籁之音。这种天籁之声，其实就是作者心灵的一种回音。向忠从情绪激昂到复归平静的艺术轨迹，主要表现在他对大自然的体验对象，如一滴水、一株草、一棵树、一只鸟，以及锄头、斧子等自然物和生活用具的感悟和体验的过程和状态上。这种平静的风格是向忠的创作姿态，也是读者的阅读境界，更是散文的审美品格。

众所周知，文学创作虽说是个人的完全独立的精神劳动，没有个人，没有个性，也就没有文学。向忠近期的散文，从小我到大我，从有我到无我，看似没有个人，没有个性，其实是处处有我、时时有我，只是不忘自然和社会罢了。试想，一个作家胸中没有祖国和人民，也没有人类的理想，中外文学史似乎还没有提供这样一个成功的范例。当然，有远见的作家从不强求文学从属于什么，只是对现实生活倾注满腔的热情，充分发挥自己的才华，用真正的文学繁荣来体现精神文明这个“正能量”。向忠的散文尽管很少从正面讴歌什么，但也以自己的方式参与了时代的大合唱。从这个意义上讲，向忠近作相比较以往的作品，不但具有个性特色，而且更具艺术价值。

刘向忠的散文集《天籁回音》，是一种天籁之声，似乎很轻，其实很重，因为它是人类心灵的回音。

2014 年 8 月于银川

第一辑

故园

渐行渐远的故园

村庄里的窖

在我的老家，家家户户的院落里，都有一个大同小异的窖。

窖，现代汉语词典里的解释是，收藏东西的地洞或坑；还有一层意思是把东西收藏进窖里。

很多年来，窖在村庄里每个家庭中都担当着重要角色，人们早就用着这个名词兼动词的深洞，收藏一些土地里成熟的果实。

过去，哥哥说过这样一句话："洋芋半年粮。"他是受了吴伯箫的启示。吴先生在散文《菜园小记》里写道："瓜菜半年粮。"那时候想一想，的确不无道理。村庄里家家户户的窖主要是用来窖洋芋的，少则成千上万斤，多则好几万斤。多年以前，村庄里的人们种庄稼就是为了填饱肚子。村庄里大片大片的庄稼主要是小麦和洋芋。仅洋芋的吃法就有许多种：面条里要放洋芋，面片里要放洋芋，单独煮着吃，炒成丝吃，烙洋芋馍吃，磨成糊状掺些面摊成薄饼吃，蒸洋芋包子吃，还要做成粉条吃……几乎顿顿离不开洋芋，百吃不厌，越吃越有滋味……

老家里的那个窖到现在还继续用着，在院子东南面的土墙边。窖口直径不到1米，窖底直径却有3米，深约6米，是典型的葫芦状。窖壁光滑明亮，窖底平整干净。挖成那么大的一个窖，不知用了几个人，也不知花费了多少时间；是一锹一锨挖成的，边挖边把土提上来，然后倒在院子里。打窖也是技术性很强的活，从窖口开始，一点一点往下挖，越往下越宽大，而且不偏不倚地一直挖到窖底，绝不是一件容易的事。

秋后，天气越来越凉，树叶开始变黄变红，并不断随风飘落。人们忙着种完冬小麦之后，田野上只见一片又一片铺满干枯藤枝的洋芋地。挖洋芋大约是村庄里人一年中最后的活计了。家家都种着几亩。在秋日的阳光下，大人抡着镢头，一株一株地挖出来，然后用手一提，一个个洋芋落到一边，干枝也随之被扔到一起。我们小孩远远地跟在后面，蹲在地上，一边用双手搓掉粘在洋芋上的泥土，一边堆成小堆。抬头看一看，满地都是挖出来的洋芋，在阳光下闪闪发光，仿佛一个个宝贝蛋蛋。脚下是松软的土壤，小小的我竟然觉得无比的快乐和满足。那时候也禁不住想：这土地真的不可思议，怎么就能结出这么多果实来……

日影西斜。父母亲看看天色不早了，虽然一片洋芋还没有挖完，但还是放下手中的镢头，稍稍歇一下，又起身把挖出来的洋芋往一块拾，待我们把洋芋堆成一个又一个小堆之后，就开始往回运送，有时候人背，有时候用架子车拉，有时候驴驮，山道上到处听得见人的声音，架子车的声音，驴嘶马叫的声音……母亲回到家里后，就开始生火做饭。院子里则堆成了一个洋芋的小山，人已无处下脚。我们气喘吁吁地把地里的洋芋都运送完后，母亲早已做熟了饭。饥肠辘辘的我们便狼吞虎咽，顷刻间，一锅饭就被一家人吃完了。

这时候，父母亲和我们都顾不上歇息，又开始忙碌起来。父亲拿一根结实的长绳子，一头系住一只笼子的底，一头系住笼子的手把，开始往窖里一笼子又一笼子地窖洋芋。父亲小心地用手握紧绳子，慢慢往窖底移送，等移到窖底，再用手提一下笼底的那段绳子，一笼子洋芋就全部倒在了窖里，然后再把空笼子拉上来。母亲和我们不停地往背篓或笼子里拾，父亲接连不断地倒进系绳子的笼子里，再窖下去，就这样反反复复无数次，直到要把院子里的洋芋全部窖完。此时，月亮已经升起来了，院子里洒满银色的月光，不时有秋虫发出叽叽喳喳的声音，偶尔传来几声狗吠，还有人的脚步声、说话声或马儿的嘶叫声。村庄的夜晚愈加显得宁静和空旷，清凉和悠长。

月亮也升到了半空，我们已经熬不住了，不停地打瞌睡。父母见此情景，就叫我们先去睡觉，他们要坚持把剩下的洋芋窖完……我记得家里年年都要窖满一窖洋芋。萝卜、白菜和葱之类的蔬菜先放在厨房地上，等窖里的洋芋吃掉一点，再把萝卜、白菜和葱窖进去。一窖洋芋几乎要吃一年。从这个秋天到下一个秋天，家家户户都有吃不完的洋芋。

窖内较干燥，夏天温度低于地面的温度。在冬天，却有保暖的作用。虽然外面大雪纷纷扬扬，寒风凛冽，堵住的窖口上有薄冰，但窖内温度不太低，因此，洋芋及萝卜、白菜和葱都安然无恙。就是在烈日炎炎的盛夏，窖内的洋芋吃起来和新鲜的并无两样……时光真的像流水，一去不复返。但是，在过去的村庄里，窖的作用无可替代。

窖，是村庄的一部分内容。窖，是村里人生活的希望。

瓦 房

为了生存，我终日奔波在喧嚣、嘈杂的小城里。而居住的夏天热冬天冷的高楼常常令我感到疲倦和不安。时光匆匆，恍然若梦，故乡的瓦房时不时出现在我的脑海，也出现在我缱绻的梦里，还出现在我遥望的目光里……

孕育我生命的简陋、质朴、亲亲的瓦房注定坐落在我的心上，永远结实，永远牢固，永不褪色，永不消失。

瓦房，是村庄最早站立的泥土，是人们从古至今生活休息的重要场所，是人类的根系和魂魄，是大地上永远的符号和印痕。

在几千年的悠悠岁月里，一个又一个村庄不计其数的瓦房是村庄历史上永恒的风景，是滋生人间烟火，生命繁衍生息的摇篮和世界。房子的大小不一，结构不同，但大多都是青灰色的瓦，泥土的墙，有木门，有木窗，有土炕，还有锅灶……那众多青灰色瓦房的村庄成为人们永远的记忆、牵挂和念想。

是的，大地上人类赖以生存的最初的家园就是一个又一个村庄，而构成村庄最主要的元素是不能尽数的安静的院落，院落里一间又一间温暖的瓦房，以及牲畜、家禽，劳动工具，树木，土街，泉水……当然，还有村庄周围大面积的土地和庄稼。

这样的情景一直留存于人们的脑海里：只要走近村庄，映入眼帘的便是大片的土地、庄稼、树木，瓦房和劳作的人们，晒太阳的老人，玩耍的孩童。而瓦房就是村庄的标志，就是村庄亘古如斯的温暖的风景。

在许多文章里，人们形容天空时会用到一个词语——瓦蓝。天气晴朗的时候，或雨过天晴的时候，抑或冬天的天空，的确是蓝色的，蔚蓝而遥远，清澈而绝尘，美好而神秘。蓝得明亮，蓝得深邃，蓝得让人心灵震颤。在北方，在广袤的黄土高原，几乎都是青灰色的瓦房。蓝色的瓦肯定是不多的，有蓝色瓦的屋子绝非众多黎民百姓的住所。

回溯到岁月的深处，历史的深处，瓦房似乎多年来都是一成不变的样子，变化的是一代又一代人出生，一代又一代人老去，一代又一代人长大。随着时光的流逝，周而复始地经受着风吹日晒雨淋，瓦的颜色越来越深，越来越陈旧，瓦上的斑点增多了，缝隙间的杂草青了又枯，枯了又青。

一年又一年，人们在土地里劳作，春种秋收，在瓦房里安居，延续香火，在村庄的舞台上过着日出日落，月缺月圆，花谢花开，风霜雨雪，花自飘零水自流的日子。

我清晰地记得，每每下雨的时候，先是从天而降的无数雨滴在瓦房上奏响进行曲，大量的瓦由干燥变湿润，由灰白色变成灰黑色。站在门前看不远处的瓦上溅起的水雾，“唰，唰，唰”的声音没过多久，由高到低顺瓦而下的雨水就流成了房檐水，先是一大滴一大滴地往下滴，一大滴紧跟着一大滴，在房檐下溅起无数个好看的水泡，一个水泡刚消失，另一个水泡就诞生。不一会儿，房檐水就流成了一条又一条不间断的水柱……这时候，大人就把水桶、盆盆罐罐等家什放到门前的房檐下盛水，以便用来做饭，洗衣服。

夏天下雨的时候，还不时有拇指蛋大的冰雹“噼噼啪啪”地砸在瓦上，让人心里忐忑不安，分外紧张。雷雨过后，瓦上、院子里落了不少，往往会对庄稼造成损坏，但是，多年来，房顶上的瓦大多完好无损。

有位诗人写道：“家 / 是一顶帽子 / 离家的 / 浪子 / 最先淋湿的 / 是头发。”我们是否可以说：无数瓦就是一间又一间土屋的帽子。是啊，家就是父老乡亲，就是兄弟姐妹，就是院落瓦房，就是亲情友情爱情。

阳光下的瓦房明亮而温暖。农忙时节，大人们都劳动去了，留下安静的院落和瓦房，沐浴在大面积的阳光下，充满了无边的温情和暖意。更多的时候，院落瓦房弥漫在欢笑声叫骂声、鸡鸣犬吠声的生活气息里，当然还有瓦房顶上烟囱里飘出的悠悠炊烟，如丝如缕，如诗如画，如歌如曲……

夜晚的村庄静谧、安宁。瓦房浸在月光下，朦朦胧胧。月光把高大的树枝的影子投射到房顶上，随着夜风的吹拂，树影不停地摇晃着，瓦房和瓦房里的人们就在这迷人的小夜曲中渐渐进入梦乡。漆黑的夜晚，瓦房就像掉进无边的黑暗里一样，和人们的睡梦一样沉，和黑夜一样深……

在时光的长河里，在岁月的记忆中，人们和瓦房相依相靠，同呼吸共患难，度过了一天又一天，一月又一月，一年又一年……周而复始，生生不息。

最早发明并制造瓦，用泥瓦盖房，保障人们的生活和安全，是劳动者智慧的创造。村庄里一代又一代人居住的瓦房，为人们遮风挡雨，驱寒避暑，容纳人们的劳累，孕育人们的希望和梦想。

“淘尽门前土，屋上无片瓦”“茅屋为秋风所破”“屋漏偏逢连阴雨”……这都是过去，甚至更远的时代，人们贫穷、落后、苦难、艰辛生活的真实写照。

一片又一片两边微翘中间凹陷的瓦，就像一叶叶永不褪色的小舟，规则而又整齐地停泊在土屋的身上，停泊在村庄的身上，停泊在历史的身上，停泊在人们的心上……

记忆深处，每年“五一”之前，村庄的人们都要做一件重要的事情，那就是做瓦，烧瓦。因为这时阳光充足，天气暖和，雨水少，便于晾晒。队长组织一些人，从村外拉回一些肥沃的黑土或黄土，放在宽阔、平整的场（麦场）里，然后用水搅拌，不能太稀，也不能太稠，接着几个身强力壮的汉子脱掉鞋子，挽起裤腿，赤脚走进一大堆泥里，来回走动踩泥，说笑声也糅合在快乐的劳动中，待有经验的人看到泥踩好了，另一批人就用一个又一个坯子倒“泥瓦”，倒出来的泥瓦既规则又光滑，是一个又一个空心圆柱形，间隔均等的有一条条较深的印痕，放在阳光下晾晒。等泥瓦晒干后，再逐一用双手轻轻一磕，一页又一页（村庄的人们这么叫）

泥瓦便落在人们脚下。然后进行烧瓦，人们把晒干的一摞摞泥瓦用架子车拉到瓦窑跟前，再小心翼翼地装满窑里，由专人用大量的柴火不分昼夜地烧。烧瓦的时候，窑下只留一个较小的洞，窑上只留烟囱，烧好一窑瓦，大约需要半个月时间。出窑的熟瓦结实，耐用，呈青灰色。村庄一年就烧制一次瓦，人们用烧好的瓦或补换年深日久的瓦房上自然损坏的瓦，或修建新的瓦房。今天，你仍能看到一个又一个村庄里遗留的瓦窑，苍老、陈旧，破损，诉说着沧桑岁月和人们曾经的生活烙印。

修建新房的时候，先夯实地基，接着打土墙，再把做好的木门木窗用胡墼固定，然后架檩和椽，用大量的手指粗的木条摆放在椽上面，堵住椽上面的空隙，用麦衣和好的泥抹平土墙，抹平房顶，最后开始铺瓦……经过多道工序和劳动，一间瓦房就算盖成了。

土墙土瓦土屋土炕土路土地，铸就了人们泥土一样朴实、憨厚、勤劳的品质。泥土永不变色，永远哺育着庄稼水果蔬菜，哺育着人类，也永无止境地哺育着万物生生不息。

在生我养我的村庄里，人们用青灰色或土红色砖做一部分墙基，修建瓦房是20世纪80年代才有的事情，后来，才有了砖瓦厂，有了人们生活需要的大量砖和瓦……

春夏秋冬，季节轮回。日月更替，今非昔比。

由土墙到一砖到底的瓦房，由煤油灯到电灯电话，由土墙土地到瓷砖贴墙贴地，以及从无到有的各种家用电器……无一不诉说着乡村沧海桑田般的发展变化。

在今天的乡村，我们处处都能看到一排排一座座面貌一新的瓦房，那是用显眼的砖土红色的别具一格的瓦新修建的房子。新的砖瓦房为村庄增添了新的内容和气息，为人们的生活增加了新的体验和感受。

风 匣

风匣，也就是风箱。

穿越时间的隧道，跨过岁月的屏障，风匣活灵活现地在我的眼前。一个个木风匣，是村庄烟火的催生者；是村里人日常生活中不可缺少的重要工具之一。日日月月年年伴随人们过着清贫而自足的日子，是村庄永远的记忆。

远去的童年，留下的是梦一样的影像和往事。

自记事起，家里就有一个小巧玲珑的木风匣；不知用了多长时间，从那中间磨得光滑且细细的两根风板上来看，有很长很长的一段时日了。因为烧火做饭的时候，手握风板的手柄，拉出来，推进去，拉出来，推进去，就这样反复无数次，直到一锅水烧开，或一顿饭做熟……

在一个阳光灿烂的中午，家里烧火做饭的时候，哥哥在拉风匣，不知怎么，这个木风匣的一根风板断了，我记不清那顿饭做熟了没有，也记不清那顿饭家里人是怎么吃的；我只记得父亲把哥哥从厨房拉到院子里后，打了他……事实上，那两根风板中间已经磨得很细了，而两头依然结实，似乎稍一用力就会断。

别看一个木箱似的风匣，它的结构是比较复杂的；除非木匠，别人是做不成的。没有了风匣，一家人的烧火做饭就成了问题。

那时的村庄，没有电。那时的村庄，能工巧匠也很少，一时半会儿是找不到一个木匠的。难怪父亲很生气，便打了哥哥，关于风匣的诸多记忆也留在了我的心灵深处……

家里用的第二个木风匣是二姨夫做的。二姨夫是个手艺不错的木匠。他还为我家做了一个很大且好看的面柜，做了三个精美的“护窗”。只因为二姨夫家距离我家很远，大约六七十里山路。想必那么多家具，二姨夫两三天之内是做不成的，他一定在我家住了好几天，也花费了不少工夫。他的一些劳动成果直到三十多年后的今天，仍然在我的老家发挥着重要作用。

直到1980年，村庄里才通了电。这是古老村庄发生的天大的喜事。祖祖辈辈不知在煤油灯的世界里生活了多少年，从此告别了一个又一个黯淡、黑暗的夜晚，迎来了明亮、充满希望的生活。

有了电之后，父亲买回来一个鼓风机，代替了木风匣；这的的确确减轻了人力，节省了时间，烧水做饭的活在短时间内就能完成。有了电，有了鼓风机，木风匣就被闲置于厨房的一角，只在停电的时候再用它扇风。

二姨夫做的木风匣特别结实，用的木板较厚。从外表来看，木风匣是一个长方体木箱，它由两部分构成。箱外较宽的一面正中有一个五寸长的风嘴，较窄的两面下方各有一个正方形的小口，小口内各有一个能活动的正方形的风板，正好盖住小口。风箱内又有一块长方形的木板，连接着上下两根风板，风板另一头通向箱外，又连接着一个手柄。把木风匣安在锅台的一边，在灶内点着柴火，然后，用手握住风匣的手柄，推进去，拉出来，就会产生源源不断的风，吹燃柴火，从而烧水，做饭。

我从小身体柔弱，也比较听话，和母亲一起拉风匣做饭就成了家庭生活中难忘的一个情节。

母亲每每生着火之后，我就拿一个小木凳，坐在风匣跟前，握住风匣的手柄，开始拉风匣烧开水。拉动木板的时候，风匣发出小小的“呜呜”的声音。而母亲则忙着切菜，或揉好面，开始擀面条……

小小的我一天又一天地拉着风匣，也一天又一天地成长着。年轻的母亲一天又一天地忙碌着，也一天又一天地为家里人做着可口的饭菜。那时候，母亲做饭的手艺在小村庄里是出了名的，尤其是做手擀长面，薄、细、柔、滑，筋道，色香味俱全。我记得有时候外面的“工作组”或上面来人，队长会安排在我家，让母亲为他们做饭。

就是这么个普普通通的木风匣，过去农家生活中不可缺少的工具，有的人家竟然做不起。村庄里比我年长的李文化家没有风匣，他家的生活境况非常拮据。家里有常年患肺结核病卧床不起的母亲，有老实巴交的父亲，还有他们兄弟四人。更糟糕的是，他家几乎连火柴都买不起。我清晰地记得，每到中午或傍晚，穿着一身褴褛衣服的李文化便手拿一大把干麦草，来到我家大门前，叫一声：“刘家婶婶。”母亲知道他来干什么，边答应边停下手中的活，从灶内用火棍掏出几个火蛋，再用火棍夹住，然后走出厨房，笑着把火蛋轻轻放进李文化手中的干麦草上。我家离他家有一段距离，大约需要两分钟。我想他是一路小跑着回家的，把手中的麦草塞进他家的锅灶内，引燃火，再用干木柴开始烧水做饭……这样长年累月不知有多少次……善良的母亲同情他家的境况，还力所能及地接济，无论是要东西还是借东西，母亲从来都没有拒绝过……那时候，我经常去他家玩耍，每次都是他蹲在灶前吹火给一家人做饭……我们还经常一起去田野里拾柴、割草或放牲畜……

听母亲说，李文化其实只上过一两年学。常言道：三十年河东，三十年河西。随着时光的流逝和社会进步，李文化家也发生了很大的变化。他母亲去世后，他哥哥做了上门女婿，他和三弟相继成了家。更让人想不到的是：他的四弟中学毕业后，在外面打了几年工之后，这家伙竟然做起了小包工头，并且在兰州市买了楼房。而李文化也当上了社长（村庄最早叫生产队，后来叫组，现在叫社）……

有一次回老家，白发苍苍的母亲伤心地对我说：因为收什么费用，李文化竟然站在我家大门前，盛气凌人地呵斥疲惫不堪的父亲，我半天无语，只因我们兄弟都在离老家很远很远的地方……

村庄还是那个村庄。院落还是那个院落。大门还是那个大门。木风匣还在老家厨房不动声色地放着，依然保存完好……

土 炕

不管流逝了多少时光，走过了多少风雨。土炕仍然占据着我心灵的一隅。永远是那么温暖、亲近、踏实；永远是那么受用、结实、舒服；永远是那么让人怀想、盼望和难忘……

在村庄，在每家每户的房子里，一面面土炕是不可缺少的物件，祖祖辈辈就在土炕上生儿育女，繁衍生息，过着属于他们的生活，一生的大部分时间留在了土炕、土地、田野、山路、麦场上……

搭土炕是门技术活。先用细土、麦衣、水搅拌均匀，抹成结实的长方体土坯，等土坯干透之后，再用干土坯搭成正方体或长方体的土炕。炕面、炕墙用泥抹得光滑、厚实。既有冒烟的烟囱，也有“填炕”（煨炕之意）的炕眼。在炕面上铺一张竹席，就等待着人劳累、瞌睡的时候享用。

对土炕的依恋和刻骨铭心的记忆莫过于冬天了。土炕烧得很热，再加上两三个棉被，整个冬天人们盼望的就是这样的热炕了。那暖和不止在身上，而且在心里。北风呼啸，大雪飘飘，天寒地冻，冷气逼人。民谚说：“三九四九冻破脸”“三九茬茬，冻死娃娃”。我记得小时候冬天特别寒冷。人们的生活也非常困难。没有生火的条件。因此，取暖就只有一面面土炕了……

冬天，村里人基本上没有什么农活，除非干一些必要的家务活，剩余的时间就在暖意融融的土炕上度过。母亲则做些针线活，或缝补衣服，或纳鞋底……做饭越省时间越好，往往是热气腾腾的馓饭或搅团，再端上一大盆咸菜，一家人坐在烧热的土炕上，围着炕桌，吸溜吸溜吃得热汗淋漓……那亲情、那温馨、那暖意永远也忘不了……

当然，填炕需要大量的柴草或其他燃料。春天和夏天不用说。到了秋天，树叶纷纷飘落的时候，我便约上几个小伙伴，背着背篼，拿着扫帚，去离村庄不远的树林里扫树叶。树林里已经落了厚厚的一层，干树叶踩上去松软、稍滑，还有细微的碎裂声音。一阵又一阵秋风吹过，紧接着会有树叶扑簌簌、哗啦啦地从半空中不断翻飞着，然后落在地面原有的树叶上……见此情景，小小的我们高兴得手舞足蹈，大喊大叫，笑闹个不停。抬头看天，一棵棵几乎落光了叶子的树就只剩下无数散乱的大小枝条了；天空显得更加高远、蔚蓝、神秘……我们疯玩够了之后，各自选上一坨较厚的树叶，用扫帚几下就扫成一个个大堆，然后装满背篼……一个又一个秋天，我家的院落里总有一个树叶堆成的小山。这都是我们兄弟的劳动成果。用树叶填炕燃得快，一次填许多，土炕的热度也维持不了多久……

深秋和冬天就不一样了。冻干的牲畜粪，细土和各种干草混合的“毛衣”（老家的人们这么叫）填炕燃的时间长，土炕也格外热。因此，去山上拾粪，去田野里“扫毛衣”，就成了我们兄弟冬天的活计。

记得那时候我还小，身高和小背篼差不多。有一次，哥哥领着我去离村庄很远的大山上拾粪。一坨坨牛、马、驴、骡的粪基本上被冻干了，但还是有一点重量，我往小背篼里拾一些，背上觉得沉沉的，脚下也不稳当，便放下背篼去拾，待转上两三圈之后，竟然找不到小背篼了，急得我几乎要哭……时间不长，我们都能拾满满一小背篼干粪，再冒着严寒，慢慢地、一步一滑地往山下走去……没多久，我家的院子里便堆起一座又一座牲畜粪的山。

“扫毛衣”也不轻松。就是在各种杂草较厚的地埂和山坡上选一块地方，用一种劳动工具给人“剃头”似的连草带土“刮”下来，堆积到一块儿，再用背篼背回家。离村庄近的地方早被大人“扫”得所剩无几，我们小孩只能去更远一些的田野上“扫毛衣”。扫的时候并不费力，主要是往家里背；因为“毛衣”中掺杂着土，装满的小背篼沉沉的，压在身上，背篼的细绳勒在肩上，那滋味确实不好受……一路上，我们往往要歇息几次，才能走回家；这活有些累，但是我们都乐意去做。有时候，我们会去河道里滑冰，那结了冰的河面洁白晶莹，在阳光下闪耀着白晃晃的光芒，特别好看。在冰上稍不留神，就会摔倒，但是，我们嘻嘻哈哈地笑着、闹着、滑着……冬天的田野空旷宁静，我们的笑闹声不停地飘荡着……有时，我们会在沟道里或树林中拾到冻死的野兔和野鸡。有时，我们会去田野上拾地软。童年的冬天，同样充满了无尽的乐趣。

离村庄很远的一个山坳处，是村里的“羊场”（大集体时养羊的场所）。我记得，有那么一两次，李文化单独叫我去“扫毛衣”，虽然背着背篼，拿着工具，但是到地方我才知道实情：他先往他的大背篼里装很多羊粪，然后往我的小背篼里装一些羊粪，最后再找一些干柴草堵在背篼上面，他一边手脚麻利地做着这些，一边诡秘地告诉我：要特别小心，不能让别人知道……那时候，他和村里的几个人日夜轮流照看着羊场……

院落里有了许多干牲畜粪，有了堆积如山一样的“毛衣”，一个个寒冷的冬天也就有了温暖无比的热炕。母亲每天要在早晨、中午、晚上填三次炕，来保障土炕白天和晚上都热腾腾的。

那时候，村庄里演一次电影也是稀缺的事情。如果在冬夜，我们还是要去看的。等看完电影，我们的手脚快被冻僵了，连裤带也解不开。小跑着回到家，脱掉鞋，一下子钻进热被窝，寒气被热浪赶跑了，温暖立刻包围了全身。不一会儿，我们就被土炕暖和得舒舒服服，晕晕乎乎的……

“掏炕”也是母亲的活。每隔一段时日，母亲要把土炕里的灰掏出来，倒在大门外。每次的情形是：我们还在酣然入睡中，母亲就早早地起来了，然后关紧门窗。先把未燃尽的柴草掏出来，堆在一边，再把炕内的灰掏出来，一笼子又一笼子地提到大门外。当我们听到响动时，母亲已经掏完了灰，院子里也收拾得干干净净……

竹席出自能工巧匠之手。席铺在土炕上，人们就睡在上面，冬暖夏凉。由很多细细的竹篾编成的一张席有多种图案，仿佛一眼望不尽的世界，我们从小到大就在这席上摸爬滚打，休息睡眠。早上起来，浑身都印有席的花纹……过一段时间，还要用清水刷洗竹席，并放在阳光下晒干。

生活条件好起来之后，人们就在竹席上铺上褥子、床单之类的东西。墙上也贴着一些花花绿绿的壁纸，窗户上的窗花也“开得”格外热烈和鲜艳。

时光荏苒，一晃过去了好多年。有时回一趟老家，最多也就在土炕上住三五天。但是，回到老家，看到还在不停劳作的父母亲，我心里就会踏实许多，平静许多。而亲爱的父母亲和依然结实、温暖的土炕给予我如梦初醒般的生命动力和信心。返回县城的小家后，妻儿都说我身上有土炕味，我在苦笑的同时，也感到了深深的愧疚和怅然若失……土炕味也是故乡的一种味道，这是我生命的根。难道我也在一天天地远离故乡，远离土地，远离我的生命之源吗？……

今昔面柜

顾名思义，面柜就是装面的柜子。在村庄，大大小小、形态各异的面柜不知用了多少年，直到今天还在使用着。

村庄的土地“联产承包责任制”之前，我家是没有面柜的，也没有更多的面可装。那时候，村庄实行的是大集体。人们劳动时，依照农活的轻重、类别记着不同的工分。分配劳动成果的时候，按工分的多少进行分配。因为父亲在外工作，我们兄弟都小，家里只有母亲一个劳力，她挣的工分不多，分配到的劳动成果也就可想而知了。别人家分到几口袋小麦和我家分到的一小袋小麦，以及那许许多多人共同劳动时的热闹、壮观的场面一样深深地留在了我的心灵深处。

家庭大、劳力多成了那时人们的荣耀……我也曾在暗地里偷偷地抹眼泪，因为有一次在一个山头的陡坡地里分牲畜草的时候，我在场，我家分了一点点，而一个壮年男子竟然在我眼皮底下还用镰刀往掉刮……

我说过，到现在家里还用着的面柜是二姨父20世纪80年代做的，杏黄色，结实、宽大，看上去很精美，高1米、长3米、宽2米，里面均等分为三格，有活动的盖子。还有6个一尺高的“腿子”。

那时面柜在每一个家庭里都是比较重要的生活用具之一。过年的时候，人们吃好的穿好的，也忘不了面柜，对面柜充满了虔诚和敬意，要在面柜上贴上诸如“米面堆山”“风调雨顺”“五谷丰登”等字样的春联。红纸黑字或绿纸黑字，把面柜装扮得新颖、喜气。每年元宵节晚上和十六晚上点灯盏（面灯）之前，母亲不止一次叮嘱我们，要把手洗干净，不能大声说话，做“灯芯”的时候一定要做够。不只每个人点一盏，还要为面柜点一盏，为粮食袋子点一盏，为灶神点一盏，为家里养的牲畜也要各点上一盏。每年都是母亲和我们一起点灯盏，看着母亲特别认真的动作和严肃的表情，我们觉得好笑，刚忍不住要出声说话，母亲就转过脸来看我们，吓得我们静悄悄的，再也不敢出声。母亲为灯盏小心地插上灯芯，摆放整齐，然后轻轻地用小勺一盏一盏地倒上清油，最后再一盏一盏地慢慢点着。母亲让我们先给灶神端一盏，给面柜端一盏，给粮食袋子端一盏……

装满面的面柜立在上房的一角，给一家人充实、安全、温饱和踏实的感觉。

在村庄里，磨面的经历也是一部漫长且辛酸的历史。最早是人推石磨磨面，驴拉石磨磨面，我没有经历过，这是我听说的，也是真实的；但是父亲、母亲与村庄里人们磨面的经历永远地留在了我的心底。

离村庄近十里之外的一个地方有一个水磨，家家轮流着磨面。那时，人们家里都没有多少粮食，这不多的粮食要磨成面，也得花费几天几夜时间。我只隐隐约约记得那个磨房的大概轮廓：一间简陋、高大、陈旧的房子建在一条河流上，磨房后面的地势和前面的地势高低形成了较大的落差，房子下面有一个巨大的木轮，河里的流水靠地势的落差推动大木轮慢慢地转动，转动的木轮再吃力地带动磨房内几个粗重、结实的石磨……石磨转动的速度和磨成面的速度非常缓慢，现在是难以想象的，也是无法想象的。

同样，我对磨房内有关石磨构造的记忆已模糊不清了。我只记得即使是在大白天，好大的磨房内光线也黯淡，这边几乎看不清那边的东西，因为磨房没有窗户。如果在阴天、雨天，或是凌晨、傍晚、晚上，那如豆一样的灯光究竟能照亮多少角落，恐怕只有经历过的人才能说清楚。

有一次，母亲对我们说起一件事情：在一个没有月亮的晚上，父亲独自一人摸黑去磨房磨面，走的是崎岖不平的山间小路，也不知道是晚上几点，父亲走着走着，忽然觉得面前的小路、山峰、田埂、沟道变成了一种颜色，他睁大眼睛也分辨不出哪里是他走的山路，刚往前一跨步，就从一个高高的田埂上重重地摔了下去……不知过了多长时间，父亲才慢慢地醒过来，他感到浑身疼痛，头晕目眩，四肢无力，站也站不稳当。他就在地上坐了一会儿，渐渐地，能隐隐约约地看到田埂和小路的模样，然后站起来，慢慢地又往磨房的方向走去。

时光一天一天地流逝，村庄里人们的生活状况也在一天一天地变化着。是“联产承包责任制”彻底改变了农村的劳动模式，也改变了一些人吃不饱穿不暖的事实，调动了人们勤劳致富的积极性。农民的粮食一年比一年多。先是乡上（之前叫公社）有了电磨子。电磨子磨面省时、快捷、方便。人们便纷纷用架子车拉上麦子，用驴、马、骡驮上麦子前去磨面。这时候，大多家庭的面柜才真正地发挥了作用，都把雪白的白面装得满满的。不久，村上（之前叫大队）也有了电磨子，村里人们磨面就更加方便了。紧接着，村里有眼光的人在亲戚的帮助下也买了一台电磨子，人们可以随时随地磨面了。至此，村庄的人们彻底结束了磨面难的历史，各家各户的面柜也越发显得重要和尊贵了。

面柜，村庄里人们生活变化的见证者。面柜，村庄的历史上不能忽略的一章。

泉 水

童年的时光是一个人一生中最单纯、最快乐的时光，而老家那眼伴随我成长的泉水，是我生命中永久的记忆。

那眼不大的泉水曾经是村里近100多口人生活的主要水源。村子在一个长长的山头上，泉水位于山腰。泉水的前面是一个小小的平台。平台下面是宽阔、深长的峡谷。从泉水所在的位置往村庄里走，要先上一段斜坡，走一段狭窄的小路，然后上一个陡坡，再走一段曲折的小路，才能到我家。这段曲折、窄小、陡滑的山路是我童年、少年时抬水的必经之路。

记得很早的时候，泉里的水总是满满的、清清的，真的是取之不尽，用之不竭。人们舀走一些水，不一会儿，泉里的水又会溢满，并流出泉口，经过平台，再流下山谷。那清清的泉水在阳光下闪闪发亮，让人感到说不出的美好和快乐……也许因了这眼泉水，生长在平台边沿的两棵大柳树枝繁叶茂，成为一道美丽的风景。"碧玉妆成一树高，万条垂下绿丝绦。不知细叶谁裁出？二月春风似剪刀。"这是对春天的柳树最美的写照。春风吹拂，暖意融融。细细柔柔的柳枝随风摇曳，柳枝的清香也不时飘进我幼小的心灵……有时，我们会折一些嫩嫩的柳枝，做成长短不一的柳笛吹，成为小伙伴们儿时最大的乐趣。清脆的笛声和开心的欢笑声飘荡在柳树的上空，柳树显得更加碧绿、妩媚、生动了。

那时候，人们取水用的都是木桶。木桶结实、稍重。

母亲下地干活去了，把抬水的任务交给我们几个孩子。泉上面那段路窄、滑，特别难走，稍有不慎，便会连人带桶滚下去。我们小心翼翼地把一桶水抬回家要歇好几次。在抬水的经历中，有一件事让我们兄弟风光了好一阵子，那就是父亲买回来的两个崭新的铁桶，这也是村庄里仅有的两个新铁桶。铁桶轻巧、好看。铁桶盛满水，清澈见底。抬上一桶水，心里美滋滋、乐呵呵的。

几年后，人们就很难看到满满的泉水了。有趣的是，每到下雨天，泉里的水又会满满的，并不断往外流。但这不是雨水，因为顺山坡流下的雨水是浑浊的，也会带有草屑等杂物，而泉水依旧是清澈的。下雨天，人们不能到泉里取水，家里用的都是房檐水。天气放晴后，大人和小孩便迫不及待地去泉里舀水……从童年开始抬水，到小学，再到中学，这时我已有足够的力气担水了。但是，不知什么原因，那眼泉里的水已经很少有满的时候，变得供不应求。有时人们还要排队等候舀水。特别是到了麦收季节，水成为困扰村里人的大事。幸好村庄北面的大山下有一条长年奔流不息的河流，可以应急。泉里的水越来越少了，也越来越浑浊，人们不得不花费许多时间等候。有时，母亲把铁桶放在泉边，等我们放学回来路过时，舀满水后再担回家。

中学毕业后，我去省城上学。学校里有一个大水房，每到中午或下午，十几个水龙头哗哗哗地向外淌着水，供同学们使用。看到这样的情景，我心情很沉重，村庄里那眼已经见底的泉水仿佛就在我的眼前……不久，哥哥来信说村子里接上了自来水，有两个水房，可供全村人使用。

后来又听说，家家户户都通上了自来水。

村庄里有了自来水，那眼滋养人们多年的泉水自然就无人问津了，是干涸了还是坍塌了？如今，每次回老家，我都要路过那眼泉水旁边窄窄的小路。那眼泉，那个平台，还有那两棵曾经枝繁叶茂的柳树，都已面目全非……我不禁生出许多感慨，时光真的很无情，时间会改变一切，当年无忧无虑的小男孩也同那曾经满满的泉水一样，一去不复返了……

几头驴的遭遇

刘亮程散文集《一个人的村庄》中，有篇《人畜共居的村庄》，作者用朴素却意蕴深长的语言写尽了人与各种牲畜之间相互依存的关系。“……其实这些活物，都是从人的灵魂里跑出来的。上帝没让他们走远，永远和人待在一起，让人从这些动物身上看清自己……人们把它们叫牲口，不知道它们把人叫啥。”周同宾散文集《古典的原野》中，也有一篇《骡马牛驴及其他》，详尽叙述了各种家畜与村庄、与农人同劳作共患难的故事。马步升的《驴事荟萃》诙谐幽默，写了驴一生的主要劳动和它的喜怒哀乐，读后让人忍俊不禁，捧腹大笑，却又感慨不已……我的童年和少年时期是在村庄里度过的。我耳闻目睹了各种家畜与人和睦相处的点点滴滴，还有它们为村人付出的劳动；在田野里、山林中的欢快和自由……

我记忆中有几头驴，它们的遭遇各不相同——实行家庭联产承包责任制的时候，我家分到了几亩即将成熟的小麦、几样简单的劳动工具、几只羊，还有一头老驴，浑身上下均为灰白色。村里分牲畜的时候，父亲不在家。与我家人数相同、家境相当的还有一个家庭。当时有一头骡子和一头驴，而我家分到了那头驴。

骡子力气大，女人、小孩是不敢轻易靠近的。驴则温顺、随和，谁都可以随便使唤它，让它干活它就干活，让它休息它就休息。后来，村里的支书和队长对父亲说，本来是要把那头骡子分给我家的，可是我母亲不要……很明显，支书和队长对父亲说了假话。不知道当时父亲有没有责怪母亲，但我想这是免不了的，因为骡子要比驴强健、能干。就这样，这头老白驴来到了我家，成为家里的一个重要劳力，为我家耕地播种，驮草驮粪，庄稼收获时又往麦场里驮庄稼、碾场……几乎驴能干的活，都让它干。

在我家里，驴干的最繁重的农活有三项，一项是往回驮麦子，就是先把地里收割后的麦子码成麦码子，晾晒几天后，驴驮、人背到麦场。每次，父亲和我们兄弟每人只能背十来个麦捆，而驴一趟就能驮二十来个。有时候天不亮就开始驮，有时候是下午驮，往往是几个小时才能收工。我们背着麦子可以靠着土坡歇息，而驴就不能歇息了。遇到上坡路或较远的路，我看到驴和我们一样吃力，用汗流浃背、气喘吁吁形容一点儿也不为过。如果和别人家搭帮，驴就要驮两家的许多麦子，就更加辛苦了。一项是碾场，选上好的天气，摊上一场麦子，把两头驴套在一起，拉上碌碡，由父亲或哥哥赶着，一圈又一圈地转，碾一段时间，让驴停下来歇息，我们开始抖场，这样要持续三遍。一场麦子碾完，人困驴乏，劳累不堪。另一项是收割后耕地，紧接着要播种，都是不能缺少驴等牲畜的。那时候，从收割这茬冬小麦，到播种完下一茬冬小麦，大约需要两个月时间，这两个月是村庄的苦夏，是农人的苦夏，是驴等牲畜的苦夏啊！

时光飞快地过去了三年，苍老、温顺的白驴在我家也辛辛苦苦地劳动了三年，为我们分担了很多繁重的农活。一个秋天的傍晚，我们兄弟放学回到家里，看见正低头做饭的母亲身体不停地抽搐着，也没有回过头看我们。我感到奇怪和不安，不知道家里究竟发生了什么事。我们静静地站在母亲身后，不敢作声。好大一会儿，母亲才转过身，我看到母亲两眼红肿，脸上有明显的泪痕，眼睛里闪烁着泪花，身体依旧不停地抽搐着，很伤心的样子……在哥哥地追问下，我们才知道，原来母亲做饭的时候，听到圈里的老白驴在撞门，声音很大。母亲走出厨房，喊了几声，圈门响动更大了，母亲感到非常奇怪，平时听到圈门响，只要她喊几声，白驴就会安静下来，可是这次老白驴似乎不踢开门不罢休。无奈，母亲只好走过院子，把圈门推开，把老白驴放出来，但是这一出来就再也赶不回圈里了。白驴径直走到院子南面土墙下的窖口边，母亲站在厨房门前，忐忑不安地看着老白驴，不知道它要干什么。这时，老白驴开始用一只前蹄在地上不停地蹭，母亲再次大声喊，它好像没有听见一样，依然我行我素。几分钟后，老白驴轰然倒地，继而气绝身亡，一动不动。母亲被这突如其来的一幕吓蒙了，她一边哭一边跑出大门，叫来了几个人，这几个人走近老白驴，看了一会儿，对仍在哭泣的母亲说：老白驴死了……然后，他们把老白驴抬出了大门……过了一会儿，有人来问母亲，要不要驴肉，母亲含泪摇了摇头……

家里有十几亩地，需要驴干的活很多。于是，父亲到集市上又买了一头驴，这头驴年轻气盛，到它干活的时候，父亲才知道这头驴并不好驯服，不像其他驴那样温顺、听话。我记得那年夏天，割完小麦往回驮的时候，只要把麦捆往驴身上一搭，这头驴就在山路上不停地跑，一直到麦场里才肯停下来，这可累坏了哥哥，因为牵着驴的哥哥也不得不一路小跑着……耕地时，是和别人家的驴或骡子搭配在一起，我家的驴不是速度快就是跑上跑下，为了调教它，父亲花费了很大工夫，它也没少挨父亲的呵斥、打骂……为了用起来方便，一年后的春天，父亲又买回来一头驴。多年来，这两头驴每逢农忙时节都辛辛苦苦地劳作着。有一年夏收时，大姨夫来我家借驴，说是为舅爷爷家帮忙，其实，舅爷爷家种的麦子不多。父亲把新买的毛驴借给了他。半个月后，当这头小毛驴再回到我家里的时候，我都认不出来了，身上多处被蹭掉了皮，无精打采，好像受了重伤一样有气无力……看着自家的毛驴变成了这样，而村庄里最繁忙的苦夏时节又近在眼前，父亲难过得半天没有说一句话。

人常说：人心有多狠，驴腰有多硬。是啊，人从来都不过问驴的承受力到底有多大，只是一味地往驴身上增加重量……你在田野里看一看那些劳作的牲畜，你不自惭形秽才怪呢！人们常把那些坏人称为“畜生”，其实，大多数牲畜并不坏，只是默默无闻、任劳任怨地为人们服务，一生都为人们出着力，流着汗……人们也把很坏的人称为“驴人”，把很坏的事称为“驴事”。仔细想一想，有时候，最坏的不是牲畜；牲畜却背了骂名，坏人却在窃笑……

架子车

在黄土高原腹地，一辆辆木架子车成为人们劳动的重要工具之一，也成为弯弯曲曲的山路上一道道司空见惯的风景。西海固也不例外。我们常常看到的情景是：架子车不是静静地停在田埂上，就是缓缓地移动在山路上，和人们一起承载着生活的重量、岁月的沧桑、时光的永恒……

在农事中举足轻重的木架子车，结构比较简单：一个木车厢，一个车磙子（车轴），两个轱辘；木车厢两边的车辕较长，再配一根结实的拉绳，还有一个小小的挡板。

最早关于架子车的记忆是人民公社的时候，那时候我还小，现在隐隐约约记得每年秋冬季，大队都要搞“农田大会战”，往往是几百人在一起平田整地，只要响亮的冲锋号一吹响，各生产队的队员纷纷拉着架子车，带着铁锨、镢头等工具，向会战地进发……统一的劳动开始了，镢头不停地刨着，铁锨不停地铲着，数百辆装满土的架子车不停地奔跑着，喇叭里放着革命进行曲，田间地头红旗迎风招展，那场面真是催人奋进，热闹非凡。休息时，架子车并排停放在土地上，十分壮观。任务紧的时候，大人晚上在月光下也要平整土地，我们这些小娃娃只有遭受寒冷、饥饿、害怕，无可奈何地等待大人劳动结束后回家。

历史在发展，社会在进步。农村“大集体”式的劳动模式终于被“联产承包责任制”所代替，架子车等劳动工具及牲畜都分配到了各家各户，农民劳动的积极性和主动性大大地提高了，开始了全新的劳动和收获……

少年的心事总是朦朦胧胧。有天下午，父亲、哥哥和我到村外去拉土。父亲、哥哥先到铲土的地方做准备，随后由我把架子车拉过来。从大门外出发，我双手推着架子车走过长长的巷道，再走过一段宽阔、平坦的土路，转过一个弯，就走到一块田地边。这块地长约 500 米，要到达拉土的地方，就得小心翼翼地从这块地边的小路走过去，我双手紧握车辕，推着木架子车向前走着，不知道心里胡思乱想什么，稍不留神，架子车从路边滚了下去，我一时慌了手脚，头脑里一片空白，不知该怎么办。幸好架子车滚下近三米高的地埂斜坡后，在一块较陡的坡地里翻了几下，就停住了。这一幕被远处的父亲看见了，他和哥哥连忙赶过来，走下田埂，费了好大的劲才把架子车抬到路上。架子车的车厢被摔得松松垮垮的，走起路来吱吱扭扭作响，庆幸的是，对架子车并未造成更大的损坏。父亲表现出了极大的不悦，但是他并未责骂我。那时候，父亲是不会轻易打骂我们的。而一辆木架子车是农家重要的劳动工具和帮手，要拉土，要往田地里拉粪，要往回拉柴草，特别是到了收获庄稼的时节，只要架子车能走的路，所有的庄稼都要用架子车拉回麦场或家里。

从村庄里的小麦开始收割，再到运送回麦场，各家各户你追我赶，争先恐后，大人小孩一起上。这时候，漫山遍野的山路上，都有架子车拉着麦子向前移动着，还有马、驴、骡驮着麦子走动着……

有一年夏天，小麦收割后，我家有一块田地里的几百个麦捆要运送到麦场里，因为离家不远，父亲打算让我们兄弟三个往回背。而这段路较平坦，哥哥说用架子车拉省力。于是，我们拉着架子车，赶着毛驴，去拉麦子。装满架子车后，用绳子捆紧，再把毛驴套在车辕前边，帮着拉。毛驴走在最前面，哥哥驾着车辕，我和三弟在后面推着。由于架子车装满了麦子，我和弟弟根本看不见走在前面的哥哥和毛驴，刚刚离开倾斜的土地，走上了一段较陡较窄的路面，不料，架子车上的麦子失重，我看见装满麦子的架子车一边倾斜了起来，瞬间翻下了近两米高的田埂，哥哥、毛驴都被带着摔了下去。我和弟弟顿时惊慌失措，吓得六神无主，一下子蒙了。幸亏田埂下是一块洋芋地，比较松软，否则后果不堪设想。我担心哥哥摔着了没有，毛驴摔着了没有。等我们回过神来，哥哥翻身坐了起来，并对着面前的毛驴喊了几声，毛驴也站了起来。真是有惊无险，今天想来都感到后怕。

行走在蜿蜒山路上的一辆辆木架子车，拉过风霜雨雪，拉过日月星辰；拉着生活的重量，拉着生活的艰辛；又从永远的厚土中一次次拉回成熟的庄稼，拉回农人的期盼，拉回农人对生活的希望……

那滚动在山路上的架子车，永远地在我的生命中滚动。

柴 火

常言道：开门七件事，柴、米、油、盐、酱、醋、茶。也就是说，居家过日子，这七样东西是必不可少的。从排列顺序来看，柴被放在第一位，说明柴（柴火）特别重要，也说明在泱泱中国五千多年的历史长河中，农业和农耕文化一直主宰着人们的生活和世界。在过去漫长的岁月里，如果缺少柴火，即使有后面的六样东西，也只能成为摆设，即使你饥饿难忍也无济于事。而柴火总是与田野联系在一起，总是与森林联系在一起，总是与农村联系在一起，总是与农人联系在一起。就是在今天的一些村庄，柴火依然发挥着应有的作用。我离开有柴火相伴和烟熏火燎的日子许多年了，但是与柴火有关的经历和故事无法从我的生命中抹去。

在村庄里，柴火的作用举足轻重，一是烧水做饭，二是取暖。童年和少年时期，和我一样的许多农家孩子，经常和柴火打交道。春夏秋冬四季，一年到头，家家户户不知要烧掉多少柴火。大人在劳动间隙，总忘不了在山上或田野里弄些柴火带回家。而毛头娃娃也时常力所能及地为家里添补着柴火。

我们很小的时候，是父亲和母亲在田野里拣拾一些柴火，以备家用。村庄就在大山深处。那时人们的生活条件很差，但是植被很好，草木茂盛，树林成片，荆棘遍野，人们随时随地就能拣拾不少柴火，而耐用的、粗壮的木柴需要到大山里去寻找。那时候，父亲既要照顾即将分娩的母亲，又不能耽误供销社的工作，因此，每每回到家里，父亲要尽可能多地为家里找一些柴火。一个深秋的下午，父亲在离家较远的一个山沟里发现了一截被人遗弃的粗木桩，而这截粗木桩被别人砍倒不久，因为嫌太湿、太重，所以没有带走。父亲便处理掉上面带嫩叶的小树枝后，费力地用斧头剁成大块木柴，然后气喘吁吁地装满一背篼，坐在地上休息了一会儿，等父亲往起背的时候，这背篼湿木柴像大石头一样沉重，父亲一连翻了四五次也没有背起来，接着父亲用尽了浑身的劲，猛地往起一翻，才颤抖着身子背起了沉重的湿木柴，父亲也差一点儿摔倒在地上。最后父亲边走边缓，走了好长时间才把一背篼湿木柴吃力地背回了家，父亲也因此落下了深深的病根……

刚到春天，我们就去山坡上挖“蒿根”（蒿草的根块）。用一种农用工具，在蒿根处轻轻一挖，大小不一的根块就在我们脚下滚动着，往往用不了多久，我们就能挖一小背篼蒿根。蒿根既能烧火做饭，也能填炕。秋天去树林扫树叶，冬天到田野里拣干树枝，“扫毛衣”，拾干牲畜粪。在星期天或寒假中，这些活既是我们的劳动，也是我们的乐趣，是与大自然亲密接触的乐趣……

这样的镜头始终留在许多人的记忆中：大人结束了劳动，在中午或傍晚往家里走的时候，田野里，山道上会陆陆续续走来肩头扛着劳动工具，也捎带着一些柴火的农人，有捆成小捆的，有背篼背的，有笼子提的……

炊烟是一首首脍炙人口的乡土诗。炊烟是一幅幅牵肠挂肚的田园画。从古至今，有多少人铭记着炊烟，有多少人描写过炊烟，有多少人吟诵炊烟，又有多少游子想起炊烟，为炊烟陶醉，为炊烟伤怀，为炊烟流泪……是厨房里的柴火催生了炊烟，是一位又一位母亲忙忙碌碌的劳动催生了炊烟，也蒸熟了馍，做熟了饭……

记忆深处，我家的院落里总是堆积着一些柴火，草有干麦草、麦衣、蒿草、胡麻根等；柴有树枝，也有荆棘条等。麦草、麦衣用来填炕，胡麻根、干树枝、荆棘条用来烧火做饭。很早的时候，村庄的人们没有烤火的条件。在冬天，有些人家就用经年的老树根或大块木柴在“火盆”里生火取暖。

我抬水的那几年，每到深秋和冬天，总见临近村庄里的不少人赶着驴、马、骡到大山中驮干木柴。因为要路过我们小村庄旁边的道路，也要经过我抬水的那条陡峭、窄小的路面。看着一个又一个牲畜驮着两捆木柴摇摇晃晃地走在崎岖的山路上，真让人提心吊胆、胆战心惊。因为窄小的路面下是陡坡，陡坡下是深沟。也因为路途遥远，他们往往天不亮就出门，天快黑的时候才能赶回家。

母亲年轻的时候，有一次和父亲闹了矛盾，她伤心地流着眼泪，看着一院子自己辛辛苦苦拣拾来的柴草，她想把这些柴火点燃烧完，然后跑回娘家，但是，母亲最终又舍不得这些看上去温暖而又熟悉的柴火……

20 世纪 80 年代初期，父亲在一个供销社工作，而这个供销社就在大森林的附近。应了靠山吃山这句话，从春天到秋天，父亲利用业余时间和同事一道去森林中拣拾长树枝和干木柴，然后攒起来，堆积到一起，等到秋冬时节，村庄里的人们闲下来，父亲便叫上十来个人，拉着架子车，去供销社拉木柴。村庄距离供销社有十多里山路，蜿蜒曲折，并不好走，但是朴实、勤劳的村人都很卖力，近十辆架子车拉着满满的长长的木柴行进在山道上，的确有浩浩荡荡的声势。几十捆木柴立在我家院落里，让人觉得殷实、温暖和欢喜。这些柴火我家能烧半年多时间。

有次回老家，只见母亲在家中，问父亲去了哪里。母亲说父亲去远处拣拾柴火。我说我去帮父亲背回来。离开村头，我走了近半小时的路，依然不见父亲的身影。我欲往远处走再寻找父亲，却隐隐约约听到村头有母亲呼唤我的声音，我边大声地答应着，边快速地往家走去。一进大门，只见眼前立着一大捆柴火，足足有七八十斤重。母亲说父亲去另一个山头拣拾柴火。我的心头情不自禁掠过一阵酸楚和不安。父亲坐在门槛上喝着凉开水，疲惫的神情和日渐消瘦的身体让我热泪盈眶，不知该说什么好。不等我开口，父亲倒埋怨起我来，他知道我背不起那捆柴火，走那么远的路……而我的心仿佛有针扎般的疼痛，我在心里说：亲爱的父亲，我都三十多岁了，你还这样袒护我，难道我就不能替您分担一点点劳累和生活的重量吗？辛辛苦苦一辈子，您总是不停地劳碌着，在田地里侍弄庄稼，在田野上行走，在烈日下流汗……

我小时候经常和母亲一起烧火拉风匣做饭，因此，对大量的柴火有了切肤的触摸和眷恋，也对厨房产生了亲近和向往。那时候村庄里还没有烧炭，家家户户都用干草和木柴生火做饭。而家家户户都有一个大大的锅台，大多都有两个锅灶，一个大，一个小。锅台上依次摆放着抹布、油抹布、筷笼子，盆盆罐罐等家什。生火的时候，先把细软的干草塞进灶膛，点着，再引燃细细的干树枝，然后再放进大一点的干木柴。有时候直接用小树枝一样的硬蒿草做燃料。听着灶膛里“哔哔剥剥”的响声，看着熊熊燃烧的大火，嗅着柴草和泥土混合的味道，我心里无比的热烈和兴奋。当然，有时也避免不了烟熏火燎，或天气转阴的时候，或刮大风的时候，常常是连火也生不着；母亲刚点着火，被从烟囱跑进来的一股大风一吹，便又灭了；母亲不住地用嘴吹火，刚吹着，母亲还没有抬起头，风又将烟猛地吹出灶膛，喷到母亲脸上，熏得母亲直掉眼泪，如此这般，反复几次才能生着火，使得母亲哭笑不得……

院落里的柴草，厨房里的烟火，辛辛苦苦生儿育女的父亲和母亲，构成了农家生活的情调和风景，镂刻在我的灵魂深处。

每年腊月二十几，父亲都要干一件非常重要的事情，就是劈柴。在早上或下午，父亲拿出斧头，把一些粗大的树根、粗壮的树桩逐一劈开，然后剁成大体一致的木柴，再整整齐齐地摞成一大摞。这些透着木质气息和泛着白光的木柴看上去特别亲切、温暖和踏实。

村庄和农民，村庄和土地，村庄和粮食，村庄和柴草，村庄和烟火，村庄和牲畜……是真正意义上的田园风光和乡土生活的气息。

如今，有大量柴草相随相伴的村庄已经渐行渐远，有煤炭和液化气等做燃料的生活便捷了不少，也干净了不少；但是，我们不难发现，不食人间烟火的人似乎越来越多了，距离“人间烟火”的人也似乎越来越多了……

抚摸农具

深入泥土的铁锨

和许多农用工具一样，铁锨是劳动者在劳动的过程中，与土地亲近和接触，与草木抚摸和撕裂的智慧的发明和创造。现在，没有人能说清第一把铁锨产生于何时，也没有人能说清这一把把普普通通、结实耐用，劳动者一年四季几乎不离手的铁锨究竟穿越了多少风雨岁月和时光，为人们带来了多少方便和用途。由一只小小的方形或圆形的铁锨头和半截滚圆、细长的木把构成的铁锨，一次又一次插入肥沃的厚土中，与生长万物的土壤亲密接触，为无数劳动者带来劳动的收获，为村庄、田野、土地带来无限生机和希望。铁锨最先深入泥土，最早知道泥土的温度和墒情。有时候农人出门，总忘不了肩扛一把铁锨，走到哪里，便用到哪里：下雨天或遭遇下雨，铁锨可以当“拐杖”使用，不至于让人摔倒跌跤。天晴的时候，用它或铲掉土路上的障碍，或填平被雨水冲刷的小路，或夯实田埂，或深翻几锨等待耕耘的田地，或拍碎土块，或把路上的牲畜粪拾起来，放到自家的地里……即使赶着牲畜或羊群去放牧，农人也要拿上一把铁锨，如果有牲畜、羊偷吃庄稼，或者走远了，此人便要铲上半锨土或几个土块，用力扬一下胳膊，撂过去，那牲畜或羊就会惊慌地跑到它们应该吃草的地方。有时农人会用铁锨铲断一些荆棘条或蒿草等柴火，然后捆起来，用铁锨把一挑，再慢悠悠地走回家……时常与泥土的气息，与青草的气息，与风雨阳光的气息相拥相吻，成为大地上劳动者的得力助手和工具。人们在村庄里一代又一代繁衍生息，与铁锨等农用工具一起劳动，同喜同悲。上辈人去世了，铁锨等工具仍然存在，下辈人接着继续使用。不知用了多少年的几把铁锨立在院子的一角，看上去和父亲一样苍老了不少，也磨损了不少。铁锨把显得陈旧，光亮，也浸透着父亲的汗水和体温……铁锨像一把光芒四射的剑，永远插在泥土的深处，插在村庄的深处。

割断时光的镰刀

“有时落在山腰，有时挂在树梢，有时像把镰刀，有时像个圆盘。”这是我上小学的时候，在课本上读到的一则谜语。形象地说明了月亮起落与变化的特点。弯月似的镰刀，其实是镰刀的头，应该还有约两尺长的镰把，这样的镰刀不经常用，只在人们进山割竹子、割荆条、砍树枝的时候使用。最常用的是割麦子等庄稼用的镰刀（老家的人们叫镰轴）。木制的“7”字形状，上面一端有扣住镰刃的几个小铁牙，一端有约两寸长的扣柄，就是这么简单、轻巧的不计其数的镰刀，在广袤无垠的大地上，在每年的麦黄时节，一位又一位农人手握它，便能收割完许多亩小麦等庄稼。一个小小的镰轴，一个约一尺长两寸宽的镰刀，相互组合，发挥的作用真的令人惊叹。没有手握镰刀收割过庄稼的人，永远不知道一把把普通的镰刀与土地、与庄稼、与农人、与村庄的亲密关系和汗流浃背、喜忧参半的故事。镰刀曾经是农民的象征。我不得不敬佩第一个发明和使用镰刀的劳动者。我想他的喜悦该是天大的喜悦。收获时节，沉默了许久的无数把镰刀陆续登上了自己的舞台，淋漓尽致地与火热的阳光共舞，与成熟的麦子共舞，与时光共舞……磨刀石是镰刀的弟兄。水不仅是生命之源，也是另一种血液，具有血液的热量和激情。在水的作用下，镰刀在磨刀石上运动不久，一个个锋利，闪烁着太阳光芒的镰刀便出现在你的面前……我记得，每年五月份以后，便有许许多多麦客子出现在大街小巷，他们有的背着简单的行李，但每人手里都拿着一把结实的“镰轴”，急急忙忙地去陕西某地割麦子……村庄里的镰刀，割倒了一茬又一茬成熟的小麦，割掉了一个又一个夏季，割断了一年又一年的时光，割走了一代又一代农人的生命……

斧子的隐痛

我国是农业大国。在历史长河中，斧子（斧头）在人们的生活中所发挥的无可替代的作用是不该被忘记的。人们要吃饭，要取暖，就得有大量的柴。田野里，森林中，是柴取之不尽、用之不竭的世界。要取得一年四季都用不完的柴，就离不开斧子、镰刀等农具的帮助。只要走进历史，回头一望，柴与农人的血泪故事不胜枚举。可以说，柴是大自然赐予人类赖以生存的重要资源。而斧子则好像农人的另一只有力的手……老家用过几十年的两把斧子现在被父亲放在屋子的角落里，轻易不去碰触。像一段陈年往事，落满了尘土。过去，还有一种斧子，在工厂、在矿山，在工人阶级的手中，曾创造了惊天动地的辉煌业绩……斧子是工人阶级的图腾，至今与镰刀还镂刻在中国共产党鲜红的党旗上。一段时期，人们急功近利的思想和短视的目光空前疯狂，许许多多人手执斧子等工具，迫不及待地走向大自然，开始肆无忌惮地向无辜的树木和森林发起进攻……满目疮痍、伤痕累累、遍地狼藉都不足以形容那毁灭性的重创和伤痛。以致后来，这种无限攫取的贪欲始终在一些人的灵魂中潜藏，从而对自然环境带来更为严重的毁坏和生态平衡的破坏……虽然不堪回首的事实已经成为历史，但是，像许多有识之士大声疾呼的那样，我们将会为此付出惨痛的代价……我们不断遭遇的来自自然界的侵袭和灾难就是明证和诠释。尽管这样，有人还埋怨斧子，却忘记了斧子为人类立下的汗马功劳。大有都是斧子惹的祸的推辞、借口和搪塞。其实不然，斧子有什么错？是谁怂恿着斧子，为所欲为、为非作歹？是谁操纵着斧子，尽干一些罪恶的勾当？的确，在许多问题上，我们还是多问问自己，多问问自己的良心，多问问自己的灵魂……

和锄头一起流汗

锄头（锄）是农业的“良医”，从历史中一路走来，风尘仆仆而又功绩赫赫。“锄禾日当午，汗滴禾下土。谁知盘中餐，粒粒皆辛苦。”几千年了，农人在烈日下挥汗锄禾的辛苦场景依然鲜亮如初；振聋发聩的千古一问——粒粒皆辛苦的盘中餐，谁知道？同样让人羞愧难当，直逼人的灵魂。像悠悠警钟一样，能永远叩响人们的心扉……的的确确是“一句顶一万句”，能表现大众疾苦和愿望的好诗歌一首顶一万首。在这里，锄有两层意思：一是名词农用工具，锄头；二是用锄头锄掉禾苗近旁的杂草。春末夏初，天气逐渐炎热起来，田地里的各种庄稼也疯长着，一天出落得一个模样。这时候，锄头的使用频率也逐渐高起来。在早晨或下午，农人便在庄稼地里和锄头等劳动工具一起沐风浴阳，出力流汗。长时间站在禾苗中间，半躬着腰，又不能乱动，一锄一锄轻轻地深入泥土，锄掉掺杂在禾苗中间的各种杂草，又为禾苗松了松土；既不能伤着禾苗，又要锄干净杂草，这样的活计着实累人。少年的时候，我和母亲一起锄过豌豆、土豆、玉米等庄稼。劳动的间隙，一手用锄头支着地面，一手扶腰做短暂的休息，此时有阳光的味道、泥土的味道、青草的味道、庄稼的味道，随风通过鼻孔进入肺腑，那种由于劳动带来的惬意是一生一世都忘记不了的。再回头看锄过的禾苗，地面纷乱，禾苗蔫头耷脑，但是第二天的情景就不一样了，你会看到更茁壮、更精神抖擞的禾苗……荷锄而归，也是乡村的一幅幅韵味深长的风景画。迎着清风，照着夕阳，农人结束了一天的劳动，肩扛锄头等工具，间或挑一捆柴，有时赶着牲畜，行走在弯弯曲曲的乡间小路上，向着炊烟的方向走去，向着家的方向走去……使用锄头的季节过后，人们就把锄头挂在屋檐下或放在院子的一角。助长禾苗的锄头，永远在禾苗中间和土地上低语，永远在农人和村庄的心里良言相劝——只有锄掉杂草，禾苗才能茁壮生长，庄稼收获才有希望。

镢　头

镢头与铁锨，就像一对兄弟，闲下来的时候，总是默默地站在一起。在过去漫长的岁月里，在一年又一年春华秋实的农事中，镢头与铁锨成为劳动者最常用的工具，而且镢头与铁锨往往被劳动者同时带到土地里和田野上，发挥其应有的作用。铁锨与镢头都有一个相同的木把，只是铁制的头不一样而已，却发挥着截然不同的用途。铁锨的主要作用是铲和翻，镢头的主要作用则是挖和砸。在泥土中歌唱和舞蹈的镢头与铁锨，把劳动者的汗水和泪水，把劳动者的苦累和疲惫，一同铲、拍、翻、挖、砸成沉甸甸的收获。和历史一样深邃，和岁月一样绵长，和生命一样永恒……与镢头相似的一种劳动工具叫“洋镐”，它的名称由来不得而知，它的用途不在泥土里，而是专门对付坚硬土层和有石头构造的地方。前不久在公路边栽树，我还用洋镐费力地挖了几个小树坑。再一次抚摸和使用农具，久违了的情愫和酸楚不禁涌上心头……

不得不承认，无论是镢头、铁锨、洋镐，还是其他劳动工具，在几千年的农事和人类历史发展进程中，的的确确立下了汗马功劳。我记忆中不仅有大人挖洋芋、挖树根、挖药材、挖荆棘等使用的镢头，而且还有一把小小的镢头。每年夏天，一位伙伴带着它，背着一个小背篼，去田野挖“野茴子”（柴胡）、黄芪、党参、大黄等药材，背回家晒干后，再卖给收购站，换一些学费……从土壤中挖出收获，从土壤中挖出希望，从田野上挖回柴火，从田野上挖回念想。一把把憨厚和质朴的镢头，在大地上一挖就挖了几千年，而且还会掷地有声地挖下去……

乡野六味

拾地软

六盘山的冬季，草枯了，叶落了，大自然裸露出本来面目，空旷冷清，萧瑟荒凉。在这少见生机的季节里，地软便是大自然馈赠给人类的神秘礼物。地软附着在地面上枯草的间隙。在干燥的山坡田埂，它紧缩干枯，色泽黧黑；在潮湿的田野地面，它松软，呈淡青色。

小时候，我只知道漫山遍野的地软是一种能吃的、只有在冬天才能见到的东西，对它的成因及其他情况不甚了解。

在不太寒冷的晴天或阴天，我拎上一只篮子，约上几个伙伴，愉快地去田野上拾地软。“拾地软去，拾地软去……”少年的时光无忧无虑，我们说说笑笑，打打闹闹，离开了村庄。

一路上欢笑声飘荡在空阔、枯寂的原野上。走到地软多的地方，我们散开，开始蹲下身子，一只手拎着篮子，一只手在地面上捡拾地软。在比较干燥的地面，我们得用拇指和食指轻轻地捡拾，用劲稍大会捏碎干燥的地软。如果在湿润的地方，我们会看到膨胀、发软的地软，捏在手指间软乎乎、黏黏的，煞是可爱。我们经常花不了多少工夫，就会捡拾一些地软，在疯玩够了之后，高高兴兴地拎回家。

记得在一个又一个冬天，我们兄弟总能捡拾到许多地软。母亲会细心地把干地软倒在一起，放在不易受潮的、不受挤压的地方。我们一家人往往能吃上半年时间。因为那时的冬季，蔬菜较少，地软理所当然是乡亲们日常生活中一种味道鲜美的食物。

地软好吃，但需小心地一遍又一遍地清洗，因为地软中有草屑、泥土。泡软之后，地软泛着淡淡的青色的幽光，惹人怜爱。乡亲们常用来做地软包子，地软搅团等，都是味道清淡、鲜美的食物。好多年过去了，地软那略带清香的味道仍然留在我的舌苔上，留在我的记忆深处。

地软，地软，山塬上温暖人心的精灵。

掐苜蓿

天气渐渐暖和了，大自然悄悄地呈现着新的气象。野草不知不觉地拱出了地面，努力地生长着，远远地绿着。

这时候，在家乡的田野上，和野草一起生长的还有一片片的苜蓿。淡绿、鲜嫩的苜蓿芽是初春时节乡亲们的新鲜菜。那一片片生长在原野上的绿苜蓿和掐苜蓿的情景至今想起来仍生动诱人，历历在目。

迎着温和的春风，照着温暖的阳光，吮吸着青草和泥土的初春醉人的气息，我时常约上几个小伙伴，拎上一只大篮子，轻松愉快地去田野上掐苜蓿。

在生机盎然、绿意迷人的田野上，在暖烘烘的阳光下，我们蹲下身子，一只手提着篮子，另一只手快速地掐苜蓿。看着那一截又一截嫩绿的苜蓿躺在篮子里，我心里有种说不出的高兴和快乐。时间不长，我们都会掐满满一篮子绿苜蓿。然后坐在草地上，或躺下愉快地休息……

阳光、绿草、泥土的气息一阵一阵漫过我的心田，让人沉醉，不愿离去。充满生机的绿色植物强烈地撞击着我的眼睛和心灵，而面条里的一把绿苜蓿和土豆菜里苜蓿的颜色和草腥味更让我难以忘怀。

摘梧竹

不知道其他地方的田野里有没有这样一种能吃的植物，就是故乡人所说的“梧竹”。“五一”的时候，暖风吹拂，万物竞绿，花开花谢，各种庄稼着魔似的疯长着。每年的这段日子，摘梧竹的声音在小村庄里不胫而走。

好多树的新绿叶子在阳光下闪烁着诱人的光泽。在故乡的田野上，有一种植物的叶芽才悄悄地长大、绽开，在一阵和风中，飘散着丝丝缕缕的清香。这就是梧竹散发出来的特有的香味。

梧竹树是一蓬又一蓬的，繁殖能力极强，但枝条长粗的速度极慢。常常看到的是手指粗的长长的枝条，更多的枝条是细小的，所有的枝条上都长满针尖大小的刺。就是在这布满尖刺的无数枝条上，长着一朵又一朵嫩绿、清香四溢的芽苞——梧竹。

离小村庄不远的一块地方叫杨家崖，这是我上小学时必经的一个地方。杨家崖的梧竹树最多，此处有一个平台，从仅存的旧院墙来看，是一个荒废多年的院子，周围长满了梧竹树，崖下是一大块坡地，地埂周围也密布着梧竹树。

小小的我被梧竹持久的清香诱惑着。有时，我提上一只小篮子，和小伙伴离开村庄，经过一道长长的沟，很快就走到了杨家崖。温暖的阳光照耀着万物，醉人的清香弥漫在空气里。此时，我们显得非常兴奋，激动无比。一朵朵梧竹仿佛一个个稀奇物品，让我们两眼放光，口舌生津。把小篮子放在地埂上，用一只手拉住枝条，另一只手小心地一朵又一朵地采摘梧竹。尽管我们格外小心，但细嫩的手指还是被小小的尖刺划出一道道长长的印痕，或被划伤，渗出殷红的鲜血。我们的额头上也渗出一层又一层汗珠。但是，阳光下梧竹的清香味道把我们熏得心醉神迷，因此，我们乐此不疲。

一段时间过后，我们每人的小篮子里都躺着不少绿梧竹，好像含苞欲放的绿色花骨朵；嫩绿可爱，生机盎然，清香扑鼻。

把半篮子梧竹提回家，母亲常常温和地拉着我的小手，抚摸着我满是汗珠的脸，疼爱地说："少摘一点就行了，梧竹树浑身是刺，以后要多小心……"说话的同时，母亲取来一个簸箕，把小篮子里的梧竹倒进簸箕里。这时，梧竹的清香味很快弥漫在房间里，也飘散在阳光下的院落里。母亲快速地一朵又一朵挑拣着梧竹，因为有的叶苞上还带着尖刺。母亲把挑拣后的梧竹在清水里洗一两遍，捞出来之后放进铁锅内正炒着的土豆菜里。有时，母亲会把梧竹放进开水锅里煮一下，再捞出来，等凉了之后，拌些清油、盐、醋等调料。无论怎么做，吃起来都清香可口。摘回一小篮子梧竹，我们一家人能吃两三顿。

那时候，我们经常去摘梧竹，但总也摘不完，只是刚摘的时候，是绿叶苞，后来是绽开的细小的绿叶子。那时候，我也困惑：为什么临近村庄里的人们不摘吃嫩绿、味道鲜美的梧竹。

一晃好多年，时光流逝了，我在异乡生存着。偶尔也在餐厅里吃一些凉菜，即使颜色、种类较多，但是吃起来总觉淡而无味，吃完后也很难留下半点余香。一提起故乡田野里生长的绿梧竹，那吮吸了夏日阳光雨露，汲尽天地灵气的绝美绿色食物，我依然口舌生津，念念不忘，仿佛又闻到了沁人心脾的清香……

打蕨菜

离开故乡在外地生活多年了，但故乡田野上一些野菜和野菜的味道与老家的父亲母亲一样，让人终生铭记。

现在说说蕨菜。不知为什么，故乡的人叫“打蕨菜”。常见的称谓有“采蕨菜”“折蕨菜”。确切地说，应该是“折蕨菜”。像折断树枝一样，把生长在土地上的嫩蕨菜从根部折断。

端午节前后，水丰草茂，正是打蕨菜的好时候。

故乡的小村庄就坐落在大山的近旁。这也应了“靠山吃山”的谚语。

我们打蕨菜的那年月，山上山下蕨菜很多，到处都是。一个上午或一个下午，我们每人便能在大山里采一小背篼水灵鲜嫩的蕨菜，足足有二三十斤重。现在想来也后怕，在那一尺多高的杂草丛中采蕨菜，怎么就不怕蛇和其他动物。在山坡上，杂草稠密的地方，往往生长着嫩嫩的蕨菜。有的一尺多高，小拇指般粗。看到那鲜嫩微绿的茎秆，即将绽开叶子的弯曲的叶苞，不能不让人产生喜欢的情愫。

二十多年后，读诗人王怀凌的诗集《大地清唱》，有首诗写到“蕨菜”。在充满温馨的回忆和感动之后，我不能不提及这首描写细致入微、铭刻着苦难记忆和动人心弦的优美诗歌：“蕨菜在很久以前是草／在昨天是稀稀的羹汤／蕨菜在今天／也曾漂洋／也曾过海／过分的水性和疗效／将你引向日本／引向韩国／医治每个生病的根／／我曾把你置于饥饿的夏天／误食入胃／我不知道牛羊为什么不肯对你启齿／我只记得那一盘泛着腥味的翠绿／与苦难的年景有关／与山里人的生命有关／／和其他植物不同／你短暂的青春／既不开花／也不结果／水灵的臂膀／举起毛茸茸的小手／手指未曾伸开／便老去了／因此你是一柴草／不尊／也不贵／如同尘埃中晃动的身影／／我说村姑的语言和笑靥与你有关／风并不坚硬的柔情与你有关／春天到了／我们一起发芽。”

打蕨菜的时候，要时时记着：每打一些蕨菜，要把折断的部分在脚下的泥土上蹭一蹭，以防止蕨菜很快变老；打蕨菜的时候，还要格外小心，不要让蕨菜挨到脸上或脖子上，因为蕨菜上有小小的茸毛，挨到肌肤上会让人发痒、难受。

打一背篓蕨菜回来，母亲一棵棵折去蕨菜老的部分，然后倒进滚烫的开水锅中煮，估计煮熟之后，把蕨菜捞出来，再放进一大盆清水中。漂在清水中的蕨菜泛出碧绿碧绿的颜色，浓浓的腥味飘荡在厨房里。过一些时间，再换上两三次清水，煮熟的蕨菜的腥味就淡了。母亲留下能吃一两天的，把其余的蕨菜切成段，放进大一些的器皿里，置于阳光下暴晒，晒干后的蕨菜紧缩，颜色完全变成了黧黑。母亲把晒干后的蕨菜收起来，以便秋天和冬天泡软之后食用。过不了几天，我们兄弟又会从大山中打一些蕨菜来……

这样的时光过了几年。从一个夏天开始，临近的村庄有人收购蕨菜，价格一年比一年高。村里一些妇女和孩子便起早贪黑地在大山里打蕨菜，以便换些零用钱。

再后来，每次回老家，都会听到母亲说：现在打蕨菜的人很多，蕨菜越来越少了；近一些的地方，几乎没有蕨菜了……

在县城的超市里，我有时看到用塑料袋包装精美的腌制蕨菜，那翠绿翠绿的颜色会让我不禁想起过去采蕨菜时劳累且愉快的情景。

在有的餐厅的餐桌上，经加工炮制的一小碟蕨菜成为一道不可或缺的凉菜，但是吃起来并不可口，和其他凉菜一样淡然无味。

故乡山野里生长的嫩嫩的淡绿的蕨菜；含有浓浓腥味的蕨菜；在困难的年月里“烹调”过父老乡亲生活的蕨菜，我怎能忘记你！

铲马齿苋

炎炎夏日，下过几场雨后，树叶更绿了，各种草、庄稼也更茁壮了。采摘过蕨菜之后，在故乡的田野上，沟道里，有一种散发着淡淡幽香的野菜——马齿苋。乡亲们亲切地称作“马叶子”。马齿苋形似芫荽，但比芫荽更碧绿，更茁壮，其味道是芫荽没有的另一种幽香。在小河滩上，或阴湿的山坡低洼，一株又一株鲜嫩、碧绿的马齿苋附着地面生长着，虽然和其他杂草生长在一起，但是，你一眼就能分辨出马齿苋，因为它的叶子格外碧绿，也格外茁壮，好像婴儿伸开的手掌一样，散发着淡淡的幽香。

这时节的星期天，去田野上铲马齿苋就成为我和许多小伙伴最快乐、最高兴的事情……

离故乡小村庄较远一点的地方，有连绵起伏、高耸入云的大山，大山脚下有一眼奇特的泉水，在一截平缓的石崖下。这眼山泉露天向外渗水，村里的人却叫作“石桥河”。在千里冰封，万里雪飘的冬季，到处是白晃晃的冰凌、冰面和皑皑白雪，但是，“石桥河”里的水却从来不结冰，还散发着看得见的热气；在艳阳高照的夏天，“石桥河”里的水却冰凉爽口。泉水有半尺多深，清澈见底。从上面能清晰地看见向上渗水的圆波纹，水底是细沙，那渗水的圆波纹由小到大，不断向外扩散着，泉水也不断地向坡下流去。

记忆中最深的情景是：我和两三个小伙伴带上一只篮子，篮子里装着一个铁铲，离开村庄，走上长长的一段路之后，到“石桥河”附近铲马齿苋。因为“石桥河”附近的马齿苋成片成片地生长着，碧绿茁壮，其他杂草也比较少。我们各自选上一块地方，蹲下身子，左手提着篮子，右手拿着铁铲，开始铲马齿苋。左手捏住马齿苋鲜嫩的叶茎，用铁铲从泥土下面一铲，一株马齿苋便铲出来了，它那碧绿碧绿的叶茎，白嫩白嫩的根部，在阳光下闪闪发光，散发出沁人心脾的香味，让人陶醉；也在我们幼小的心灵中留下了梦幻般的幽香……每人铲够一篮子马齿苋后，我们就坐在地上，或躺下，在阳光下，在清风中，惬意地休憩一会儿，然后把篮子里的马齿苋带到“石桥河”边，放在清洌的泉水中清洗。其实，从土地上铲出来的马齿苋本来就比较干净，没有多少泥土，但清洗后的马齿苋更加碧绿、鲜嫩，幽香也愈浓烈。我们每人提上满满一篮子不断散发着奇异香味的马齿苋，往家里走去，一路上，心里有说不出的愉快和高兴……

不知不觉，我和几个小伙伴就走回了家。母亲微笑着接过我手中的篮子，用一只手轻轻擦着我额头的汗珠，让我坐下来休息，并很快为我端来一碗凉开水，看着我一口气喝完。

母亲把我铲回来的马齿苋放进开水锅里煮一下，然后捞出来在清水里凉着。接下来的几天，满屋子都弥漫着马齿苋的香味。或凉拌，或做下饭菜。父亲、母亲、哥哥、弟弟和我都吃得津津有味，赞不绝口。当然，村里的父老乡亲都吃过鲜嫩碧绿、幽香醉人的马齿苋，是这些味道鲜美的野菜一年又一年陪伴着故乡人度过了那艰难和困苦的年景。

离开故乡二十多年了。在外地生活的这二十多年里，我真的没有看见过像马齿苋一样碧绿的蔬菜，也没有食用过像马齿苋一样幽香的蔬菜。

写这篇短文的时候，马齿苋诱人的叶茎和香味仿佛就在我的面前飘荡，过去经历的无忧无虑的美好时光也像是在梦境中发生的一样……

摘毛榛榛

冬天拾了地软，春天掐过苜蓿，夏天摘了梧竹、打了蕨菜、铲了马齿苋……故乡的人们采吃过这些土生土长、味道鲜美的食物之后，很快就到了热浪滚滚、麦香扑鼻的收获季节。对于大山深处的人们来说，主要靠土地上的庄稼来维持生活，生儿育女。祖祖辈辈一代又一代人在大地上辛勤劳作，因此，播种和收获便成为故乡人一年中主要的农活。

村庄家家耕种着二十亩左右的山地。在每年的收割季节，从开始割麦子，到把不计其数的麦捆打碾后再把麦粒拉回家，大约需要一个多月时间。经过劳累和愉快的苦夏之后，天气一天比一天凉了，这时，秋天就来到故乡的土地上。秋季人们吃的蔬菜比较多，有白菜、萝卜等，这些菜都是农民种下并收获的。

在故乡秋天的山野里，有一些好吃的野果子在悄悄地成熟着。有美子（树莓）、毛榛榛、山核桃、秋子、酸梨等。

毛榛榛树生长在各种灌木中间，遍布山坡和田野。毛榛榛树大多有两米高，大拇指粗。在树上，旁生着许多更细的枝条，枝条上生长着五角形的绿叶片，也生长着一嘟噜一嘟噜的毛榛榛，果实往往是两个、四个、或五六个，紧紧靠在一起。稍硬、圆圆的果核被一层嫩嫩的绿皮包裹着。绿皮上长着细细的、密密的茸毛，像尖刺一样，如果触到肌肤，你会发痒，特别难受；所以摘毛榛榛要特别小心。我们经常背一个小背篼或提一个篮子，放到杂树丛中，一只手拉住毛榛榛树的枝条，用另一只手把挂有果实的小枝条折下来，再小心地放进背篼或篮子里。

我们把采摘回来的一些毛榛榛倒在阳光下晒着，又忍不住用脚轻轻踩着一嘟噜毛榛榛，在地上一蹭，一颗颗嫩白的果核就在地上翻滚着，拾起鲜嫩的果核，擦去上面的土，再咬开一层硬壳，里面是白嫩白嫩的果瓤，吃起来清香可口。

采摘毛榛榛并不轻松，但毛榛榛果瓤的白嫩和香脆还是不断地吸引着大人和小孩。

我至今记着三弟因摘毛榛榛而丢驴的事情。在一个秋天的下午，三弟赶着家里的两头驴去大山里吃草。到山里之后，他却在树丛中采摘毛榛榛，当他摘了满满一背篼绿毛榛榛时，太阳快要落山了。他才猛然记起和他一起走进大山的还有两头驴。这时，他怎么寻找都找不见。天很快黑下来了。三弟才神色不安地回到家里，他向父亲说了丢驴的事后，顾不上休息，父亲让他引路，又约了几个人，摸黑去大山里找驴。那是一个没有月亮的夜晚，我们打着手电在山上的树林中大喊大叫，也乱扔着土块，不时惊得一两只野鸡扑棱棱地飞起来，但我们始终没有找见驴……

晚上，父亲仔细询问了三弟赶驴吃草的具体地方，分析了两头驴的去向……

第二天清早，我徒步几里山路去一个小村庄找驴，刚走到村口，就看见路边有几个人赶着家畜正在碾场。我向他们说明了事由，一个男人埋怨说：你不看好驴，踩踏了我家的秋庄稼……他说了几句后笑着叫我去他家里赶驴。我心里悬着的一块大石头顿时落了地。从他家把两头驴赶出来，我道过谢后，把驴赶到路上，用树枝狠狠地抽打着它们，以示惩罚。这两个家伙像犯了错误似的，飞快地向山下跑去……

社火，社火

一

社火源自民间，而且源远流长。

也就是说，社火是老百姓创造的，是老百姓智慧的体现；是老百姓过年时最快乐的表现；是老百姓精神生活的追求和美好愿望的寄托；是中华优秀传统文化的一部分。

很早的时候，民间社火是春节期间老百姓自演自娱的活动。因为参与人数多，场面宏大，因人人都可以表演、娱乐而深受百姓的喜欢。它来源于古老的对土地与火的崇拜。社，即土地神；火，即火祖，是传说中的火神。远古时期，人们凭着原始思维认为火也有“灵”，并视之为具有特殊含义的神物，能驱邪避难，加以崇拜，于是，形成了尚火观念。古老的对土地与火的崇拜，产生了祭祀社与火的风俗。崇拜社神，歌舞祭祀，意在祈求风调雨顺，五谷丰登，国泰民安，万事如意。随着社会的发展，人们认识能力的提高，使祭祀社火的仪式逐渐增加了娱人的成分，成为规模盛大，内容繁复的民间娱乐活动。

我国有五亿农民，因此，流传在我国广袤大地上的“社火”五花八门，种类繁多，特色鲜明，丰富多彩，寓教于乐。在过去，每逢过年，老百姓不但自发组织表演“社火”活动，而且还要唱大戏，是一道道赏心悦目、令人如痴如醉、流连忘返的风景。但是，我对社火了解不多，只对甘肃省庄浪县、静宁县，宁夏回族自治区六盘山地区的社火有略微的了解。这些地方的社火种类及表演方式大体相似。因为写这篇文章，我翻阅了一些书籍，查看了一些资料，才得以对社火有更多的了解，加深了我对老百姓近乎狂欢式的娱乐活动——社火的印象和理解。

二

“社火”一词始见于宋代。《东京梦华录》卷八记载：六月二十四日，欢口二郎神生日，二郎庙前露台上设乐棚，有“社火呈于露台之上”。在汉魏南北朝、隋唐时期至南宋，皇城的除夕之夜还保留有大傩仪，后逐渐被社火取代而融于社火之中。可见，宋朝的民间社火已是包罗万象，气象万千。当时的社火由祭祀、巫术、傩仪、百戏、乐舞、参军戏、民间杂耍等组成。每逢农历正月初一至十五，村社便组织、举办节庆、迎神赛会，有上竿、跃弄、跳索、相扑、鼓板、小唱、斗鸡、说浑话、杂耍、商谜、合笙、乔筋骨、乔相扑、浪子、杂剧、学像生、倬刀、装鬼、研鼓、牌棒、道术之类杂戏表演。社火表演时，脸谱面具，必不可少。头一天晚上，人们便精心画好各式各样的脸谱，以便第二天登台演出。

直到今天，孤陋寡闻的我才知道：延续了数千年的社火，已成为陕西宝鸡地区每年正月里，人们生活中的一项重要文化习俗活动。宝鸡也因此被誉为“中国社火之乡”。而我所在的宁夏隆德县，已享有“全国文化先进县”“中国民间绘画之乡”“中国民间艺术之乡”“中国书法之乡”等荣誉。这里的社火也是流传久远，内容丰富，为百姓所喜闻乐见。据我所知，这里也正在申报“中国社火之乡”，目前，已经初步通过国家有关部门的验收评定。

三

民间有“耍社火”“闹元宵”的说法。一个“耍”字，一个“闹”字，道尽了老百姓心里的欢喜和快乐。也映衬出热闹非凡的健康的生活方式。

现在，我安身立命于六盘山下的隆德县。几乎每年元宵节，都有政府组织的大规模的社火大赛。这一带，社火的表演形式有：马社火、高台、耍狮子、舞龙、赶毛驴、划旱船、踩高跷（高拐子）、扭秧歌等。当然，这些表演形式几乎是同时进行的，互相陪衬，相映成趣。方圆数十里，尤以马社火和高台最为吸引人。

马社火也是民间最早的社火形式。马社火就是装扮角色都穿着戏衣，打着花脸，手拿道具，骑在马、驴、骡背上而得名。在村庄里、山路上列队而行。马、驴、骡也披红挂彩，要让人牵着，走村串巷。取材于历史戏剧和神话传说。脸谱（打花脸）是马社火的重要因素，马社火不同于戏剧，没有剧情、道白和唱词。因此，装扮角色面部表情的刻画（原料为：油彩、锅墨、猩红、石黄等）是让观众识别历史人物的依据。以极度夸张的手法用各种图案来突出人物的忠奸、善恶、美丑。社火脸谱的起源更早，据陕西的民间艺人介绍，周朝时，周武王率兵伐纣，大军行至麒麟山下，被驻守山下的闻太师挡住去路。姜子牙计上心头，让士兵戴上了神兵天将的面具上阵叫骂，个个威武凶煞，好似天兵下凡。闻太师不知真假，以为天意，拔寨而逃。此事传入民间后便产生了画脸谱逐鬼的民间习俗，并逐渐融入社火中。学术界则普遍认为，脸谱的起源是周秦时的傩舞。傩是一种远古时代的宗教仪式，“傩”本是一种传说中的神鸟，后被人格化，成为一种祭祀表演。傩舞是周代在傩祭基础上所形成的一种驱鬼逐疫的宗教舞蹈，而“傩”的明显特征，便是戴假面具歌舞。巫师戴着刻有图腾的面具将自己装扮成神，巫师一旦戴上面具，普通人就变成了神。面具在这里起到了人与神的转化作用，是行巫术时必不可少的道具。

高台是立体的造型艺术。以高、巧、奇著称，以富丽、精美、玄妙取胜。就是取历史故事或神话传说中的某一固定情节，多由两三个小孩扮饰，男女儿童装扮成古装戏剧人物，在两三米高的钢筋上摆出各种各样的造型。将其用的钢筋（乔装打扮后，表面看不到钢筋）固定于事先做好的华丽的平台道具之上，平台道具上用彩纸等原料做出花枝、老虎、棉花、云朵等形态各异的物体。最早用拖拉机运载着游街乐众。

四

我身边的每个元宵节，都值得大写特写。因为有规模宏大、盛况空前的社火大赛，因为有五彩斑斓、意趣盎然的元宵灯会，因为有火树银花、美轮美奂的烟花晚会。我觉得都是胜于美酒佳肴的特大盛宴。是老百姓一年一度的视觉盛宴、精神盛宴！这里只说社火大赛，由于是大赛，各个部门便邀请民间各路艺人、高手，他们使出十八般武艺，扎（装扮）别出心裁的彩车，制作令人拍案叫绝的高台，只等元宵节这一天为人们送去意想不到的惊喜和欢愉。

这天一大早，十里八乡的人们便穿戴一新，兴高采烈地赶往县城。县城主要街道两旁，挂着五彩缤纷的灯笼。也很快站满了人。只听到处鼓声响亮，爆竹齐鸣，人声鼎沸。万人空巷，人们齐聚主要街道的两边，只盼社火大赛拉开帷幕。这样大规模的文化喜庆活动也吸引了外地数家媒体和记者，饶有兴致地前来采风、摄像、拍照。

随着锣鼓的震天敲响，爆竹轰鸣，人流沸腾了。列队整齐的一个个社火方队亮相于人们面前。从街道的一端行进，开始表演，每个社火队的组成大体相似，由数量可观的方队、高台、马社火、扭秧歌、狮子、舞龙、旱船、高跷等组成，但是每个社火队的内容却迥然有别、花样百出。现在的马社火大多是坐在车上的，而最吸引人的就是一个个高台了，由于创意新颖，色彩明亮，造型别致，精巧绝妙，题材广泛，让无数欣赏者禁不住啧啧赞叹，拍案叫绝。一个主要的看点就是：每年是什么生肖，高台的主题就有与此有关的各种图案、“传说”“故事”“实物”，惟妙惟肖。有“金牛”奋蹄的，有“金鸡”报晓的，有“银蛇”舞动的，有“猛虎”下山的，有“玉兔”嚼草的，有“骏马”昂首的，有“小猴”伸手的。当然，还有更多历史和神话题材的形象和扮演者：取材于《白蛇传》《西游记》《三国演义》……记得有一年元宵节，天空下着大雪，社火大赛如期举行，人们沉浸于观赏社火、高台的精彩和美妙，如痴如醉。我看到人们的肩上落了一层雪，也浑然不觉。有的社火队前面有喊“议程”的，就是由一位年长者手执蒲扇，随着鼓点的节奏，边摇蒲扇口中边喊着吉庆、祝福的话语，也有百姓生活变化的顺口溜，不时引来人们大笑。鼓声敲着，爆竹响着，扭秧歌的婀娜多姿、袅袅婷婷；耍狮子、舞龙的活蹦乱跳、酣畅淋漓；划旱船的风生水起、摇曳多姿；赶毛驴的舞鞭甩袖、诙谐滑稽；踩高跷的引人注目、惊险揪心；大头娃娃摇头晃脑、憨态可掬……街头成了人流的海洋，欢乐的海洋……一个个社火队边表演边缓缓地向一端的大赛主席台移动。街道的这头望不到那头，只有两边人流的涌动。几个小时的行进、表演，把“闹元宵”的意义诠释得淋漓尽致。人们也真正得到了精神上的欢愉和享受，这从人们喜上眉梢、喜笑颜开的表情中就能看得出来。略感遗憾的是，匠人们经过数日悉心的劳作，好不容易扎成的一个个崭新、漂亮、多彩、精妙的彩车和高台，人们就只能尽情地欣赏这几个小时……

五

无论时光流逝多久，无论世事怎样沧桑，无论人心怎样不古，但是，留存于我记忆中的老家盛况空前，老百姓欢天喜地，喜气洋洋地要社火的场景永远鲜活如初。

那时候，人们的生活条件较差，劳动也辛苦，文化娱乐活动很少，只有在过年时，才能彻彻底底地闲下来，进行娱乐和观赏。而要社火便是人们最常见的文化活动之一，此外，还有“唱大戏”。社火以“马社火”为主，还有“地摊戏”等。正月初三一过，有些村庄的马社火、狮子等就开始表演，并结队去附近的村庄拜年（表演）。给人们送去欢乐，送去祝福。要去的村庄的人们要准备接社火。随着锣鼓声越来越近，走来的马社火刚到村头，这个村庄的人们也开始敲锣打鼓，点燃早就准备好的火炮，迎上去，人们互相握手、问候。马社火、狮子就在巷道里游走、表演，各家各户大门前都要燃放爆竹，以示欢迎。然后走到宽阔的麦场里（麦场里备有桌椅，桌上摆有油饼等），集中表演。引得全村的男女老少欢笑着观看。表演中，还要给马社火、狮子“挂红”，并礼节性地给领队的一些烟等。表演完还要敲锣打鼓送走马社火、狮子。距离我居住的村庄十多里外有一个村庄叫“梁河”。每年正月初九（上九），这里都要举行大规模的社火汇演活动。这里供奉的是什么“神”，我忘记了。只记得很多人带着香裱、供物前去“敬神”。有一年正月初九，沿着山间小道，我随路人去“梁河”，耳闻目睹了社火会演的盛况和人们的欢乐。方圆数十里的一个个色彩明亮，雄赳赳、气昂昂的社火队敲锣打鼓，列队汇聚“梁河”。在一块开阔的土地上，逐一排成长长的队伍，进行表演。这里早已是人山人海，锣鼓喧天，爆竹声声。走在队伍最前面的是几个身体壮实的大汉，各抬着几尊“神”的塑像，似乎“神”很重，很特别，他们有意做着一些动作，时而拐到这边，时而拐到那边，大幅度的动作，把“神”颠簸得东倒西歪，让人心里无比欢喜，也更加敬畏；由一个个人牵着的数量可观的马社火，题材多样，装扮者服饰华丽，脸谱生动、丰富，手中的道具千奇百怪，有的马、驴、骡受了爆竹的惊吓，会挣脱牵着的人，跑出队伍，胡乱奔跑着，不由让人心里惊呼，也无拘无束地大呼小叫；舞龙的使出浑身的劲，左右小跑着变换形状，让人眼花缭乱，笑逐颜开；耍狮子的也精彩，时而跳跃、时而欢奔、时而翻滚、时而直立，引得人们狂欢大笑，拍手称快……震天的锣鼓声，响亮的爆竹声，伴着“抬神”、马社火、舞龙、“狮子”等精彩、绝妙的表演，合着人们的欢声笑语，汇成欢乐的海洋，给萧瑟、冷清的山野和村庄带来了生机、色彩，为人们带来了欢乐、愉快、享受。正月十五，乡上同样要举办大规模的社火会演活动。这又将是方圆百里的人们狂欢的时刻，也是人们无与伦比的视觉和精神盛宴……

六

对于大多中国人来说，心里都有这样一个情结：过完了元宵节，才算真正地过完了年。

社火是老百姓近乎狂欢式的娱乐活动。

也许有朋友会问：现在这样的说法有误吧。在这里，我要说明的是，这是过去每逢过年时，老百姓真真切切的休闲方式，只是当下这样有意义的文化传统活动越来越萧条了。这与社会的发展进步和人们生活水平提高有关；与人们快节奏的生活、急功近利有关；与人们的浮躁麻木、贪图享受有关；也与人们价值观滑坡有关。过去，一些优秀的中华传统文化逐渐在中国大地上失传和消失，幸亏在有识之士的大声疾呼和身体力行下，近年来，国家已经意识到了这一点，作出了“非物质文化遗产保护项目”的重大决策，设立专项资金，付诸实施，成效显著。六盘山下的隆德，被列入非物质文化遗产项目保护目录的有：“高台、马社火”“社火脸谱”“寺庙祭祀”“泥塑”“砖雕”等，并且每个项目都有代表性传承人。无数事实证明，无论人们的生活水平有多富裕，我们中华民族的传统文化是不能丢的。在此说些题外话：文学、艺术、传统文化（包括社火）、文化等都是一脉相承的。来自宁夏西海固的作家郭文斌做过一个比喻：经济是房子，文学（艺术、传统文化、文化）是空气，两者都是人们生活不能缺少的。近年来，郭文斌与许多仁人志士一道，身体力行，为日渐浮躁、空虚、失去价值取向的心灵和萎靡、颓废、丑恶的世风对症下药，力挽狂澜，做出了不懈的努力。其“安详主意”的提出和传播，的确为人们的心灵和社会吹来了阵阵清风和花香！《点灯时分》《寻找安详》《瑜伽》《农历》《大年》《守岁》等作品集，就是一曲曲清澈、安静、明亮、安详、有味、向内、向上、向善、向真、向美的传统文化的颂歌和深情呼唤！他的“鲁迅文学奖”获奖小说就叫《吉祥如意》！近日，我又在《宁夏日报·六盘山文艺副刊》读到他的七千多字的新作：《重新认识中华文化》，他写道：“什么是传统文化？我的理解是，她是生机的文化，常识的文化，永恒生命力的文化，和谐力的文化，实现幸福美满人生的文化……”他以诗性、哲理的语言把中华传统文化的重要作用和重大意义提高到了一个新的高度和境界，我深为感动，我也深表赞同，并且再一次向他致敬！

写这篇文章的时候，我由社火想到传统文化，又想到誓死捍卫传统文化的人。

我希望社火等有益的文化活动在中华大地上永远上演，绽放光彩！

我希望传统文化能在每一个人的心里生根、发芽、开花、结果！

我也希望天空吉祥！大地如意！

与《六盘山》有关的人与事

一

说起《六盘山》杂志，我感到亲近和亲切，温暖和温馨。和《六盘山》杂志的情谊，和《六盘山》杂志诸位编辑老师的情谊，深深地铭刻在我的心底。

在我的家里，在我的书柜中，保存最多、最完整的杂志就是《六盘山》，从1995年第1期，到2011年第2期，几乎一期不缺。我不仅见证了这本杂志的成长和辉煌，而且也是这本杂志培育和扶持的作者，我的大部分文字都发表在这本杂志上。走向宁夏的西海固作家，走向全国的西海固作家，都是《六盘山》杂志精心培养和竭力扶持的，真的功不可没。不用翻杂志，许许多多美好的记忆就会从我的心底流出……

我记得大约是20世纪80年代末期，某年固原文联特意向自治区新闻出版局请示，《六盘山》杂志五六期为合刊，专门刊发了石舒清的中篇小说《黄土魂》，他发表在该杂志上的小说还有《情界》、散文《西海固断想》等。郭文斌最早发表在该杂志的有诗歌《又是四月》，散文《柳笛不是无情物》《西海固，雪塬上一件赶路的衣裳》，小说《开花的芽》，还有纪实文学《第三种阳光》……

近年来，刊载于《六盘山》的小说、散文、诗歌分别被《小说选刊》《散文选刊》《诗选刊》以及各类年度选本选载，在全国如林的杂志中，《六盘山》依然拥有自己的韵味和独特的声音。

二

1990 年，我在银川市一所中专学校上学期间，有位高我一级的西吉同学张作祥，他在某期的《六盘山》上发表了一篇散文诗《耕田露还眠》；也就是从那时起，我便与这本生于六盘山、长于六盘山，同时散发着六盘山地域特有的气息和芬芳的纯文学杂志产生了不解之缘。我记得这位同学双手捧着《六盘山》，给我一字一句地读他的散文诗时严肃且兴奋的表情。我的羡慕和敬佩是不言而喻的。因为这所学校主要训练学生“三手”功夫：“一手好算盘”“一手好文章”“一手好字”。而我心中文学的种子也就是从那时开始萌芽的。学校有一间很大的阅览室，订阅着几十种报纸杂志，我常常忘乎所以地泡在图书馆里，阅读着，陶醉着，兴奋着……

三

1991 年，我订阅了《六盘山》杂志。有一次，一个用牛皮纸大信封包装的《六盘山》刚送到传达室，就被路过的学生科老师孟详伟看见了，他竟然远远地高兴地大声地用普通话喊着我的名字：“刘向忠，《六盘山》编辑部来信了。”

四

1992 年 6 月，我毕业后回到家乡。

回到家乡的我把 1991 年全年的《六盘山》杂志用绳子装订在一起，一边焦急不安地等待着分配，一边囫囵吞枣地阅读着这篇合订本中的文章。

五

1993 年 3 月，我给素不相识的诗人虎西山写了第一封信。后来，我曾写过一篇短文《诗人虎西山写给我的十封信》，详细地叙述了虎西山老师给我这个文学爱好者不厌其烦的教诲、指导、帮助及我的感激之情。虎老师在给我的回信中多次提到要向《六盘山》杂志推荐我的诗歌……

其时，步入社会不久的我像许多人一样，不断遭受着由“计划经济”向“市场经济”转型时的风吹雨打，但是能与自己喜欢和仰慕的诗人通信交流，接受教诲和指导，我感到高兴和温暖。在和虎老师近两年的交流中，我增长了不少知识和对美好生活的向往。

六

1994年10月，郭文斌老师在给我的一个短笺中写道：“向忠，诗拜读，不错。留下你给虎老师的一组。请继续努力。有空来玩。祝好。”

七

1995年第1期《六盘山》杂志发表了我的第一首诗歌《无题》，编辑老师是郭文斌。当我收到杂志启开信封看到《短诗长廊》的栏目中我名字的那一刻，我的激动和喜悦是无法用语言来表达的。我也记得作家火会亮曾在一篇文章中写道：他上大学期间，在《六盘山》杂志发表了第一篇散文，他激动无比地捧着那本杂志，把他的那篇散文阅读了不下十遍……

我当时给郭文斌老师的回信中说：“……与其说是我的作品，还不如说是您匠心独运而成……”

八

1996年6月，由固原文联、《六盘山》编辑部举办了首届“老龙潭文学笔会”。我有幸参加了这次笔会。这次笔会也给许多作家留下了美好的回忆。近年来，我在几位作家、诗人的文章中读到了关于这次笔会的优美文字。而我的记忆更为深刻。作为文学爱好者，我不仅饱览了泾源魅力无比的山水风光，而且见识了西海固大部分作家和诗人的音容笑貌。而这些受我尊敬和仰慕的作家、诗人也在我的笔记本上慷慨地写下了赠言：石舒清的“长成大树”。虎西山的“向忠诗友，乡音难改”。朱世忠的“天道酬勤”。王怀凌的“别无他径，贵在坚持”。钟正平的“神妙于能飞也！录老子语赠刘老弟”。火会亮的“逢山不至麓，与水休靠岸”。韩聆的“大道无术”。李方的“与君同行，甘苦自知”。单永珍的“在诗的交融、分辨、对抗、创造中，生命的光辉照亮你主体的生存。作为诗友，我想说让我们共同关注历史和文化，关怀人类”。梦也的“人生处处有相逢”。杨建虎的“愿永远相识，共同与诗持久相握”。冯雄的“是诗歌让我们相识”。杜彦荣的“似曾相识，疑是故人”……

1996年10月，我在《固原日报》发表了第一篇散文《为书高兴》，编辑是火会亮老师。

九

1997 年第 1 期《六盘山》是散文专号，其中有我的涂鸦文字《冬日，放飞的心》。编辑是李成福老师。这也是我发表于该杂志的第一篇散文。

1997 年年底，固原文联、《六盘山》编辑部开始向西海固作家征稿，主题为“西海固同题散文”。同时，“西海固文学”“西海固作家群”的概念像春雷一样正在悄悄地孕育着……

十

1998 年第 1 期《六盘山》隆重推出“西海固同题散文专号”，并在刊物封面首次赫然印着“西海固文学”“西海固作家群”“西海固文学论坛”。西海固十多位作家饱含深情地倾诉了西海固地域深厚的历史文化、风土人情、人民生活的艰苦和坚忍不拔的抗争精神等高亢嘹亮之音……从这期开始，刊物的装帧设计、印刷质量、内文的厚重都有了历史性的突破。

1998 年第 2、3 期《六盘山》为合刊，《西海固心语》栏目发了拙作《西海固的脚步》，编辑是郭文斌老师。

1998 年年底的一天傍晚，我突然接到一个电话，是固原电视台的杨银梅打来的，她说在《六盘山》上看到我的《西海固的脚步》，她们准备拍摄为电视散文，听到这些话，我真有点受宠若惊，感到特别意外。翌日，我兴奋地乘车去固原。摄制组是杨银梅、雷宁、马宁。刚刚下过一场雪，西海固山川大地银装素裹，分外妖娆……

十一

2000 年 4 月上旬，我收到《六盘山》杂志的编辑李成福老师的来信："刘，近好！我集中看了你的四篇稿子：《让雨滴落在心上》《凝望》《痛饮春光》《生命的魅力》，认为你以向善之心追求生活的真情趣。尤其《凝望》一篇很不错。我初步考虑，年内争取给你发一个散文小集，也是对你的鼓励……"作为初学写作者，这封来信对我的鼓励无疑是空前的、巨大的。我曾写了一篇《心存感激》，真诚地表达了我深深的谢意，该文发表于2010年4期《黄河文学》杂志。

2000 年 5 月下旬，我收到李成福老师的第二封来信："刘，你好！选了四篇：《阳光书屋祭》《凝望》《让雨滴落在心上》《但愿人长久》……你写份个人小传，不超过二百字……我再写几句编后点评之类的话……"该年 5 期《六盘山》编发了"刘向忠散文小集"，现在看来，那只是一个文学爱好者的心灵之音，粗浅和单薄是显而易见的……

2001 年，我欣然读到李成福老师厚重的文章《追寻大先生》《民间验方》《故园物语》等并深有感触地写了一篇较长的读后感，满怀希望地投给一家设有"读书栏目"的报纸，不料石沉大海，最终连底稿也找不见了……

十二

时任散文编辑的杨风军老师在2007年1期《六盘山》编发了我的一组散文《散章》（五篇），其中有三篇入选王剑冰（时任《散文选刊》主编）先生主编的《2007年中国精短美文100篇》一书。我注意到，此书印数为10000册。也就是说，同时把“选自2007年1期《六盘山》”也印刷了10000次。让我感到敬佩和感动的是：对于这样一份偏远地区的纯文学刊物，能得到全国文坛选编者的垂青，实属难能可贵。足见选编者的胸怀和眼光。也是对这样一份地方刊物的肯定和鼓励。

现在的杨风军老师、李方老师、单永珍老师、李敏老师都给予我不断的教诲、指导、鼓励和帮助，我也是永远铭记在心的。

2009年12月，在“固原市骨干青年作者座谈会”间隙，尹文博主编当着我和宁夏师范学院教师、青年作家马晓雁的面，让她给我写评论……

2011年2期《六盘山》封二推出我的“写真”和“寄语”，并冠以“作家”。在我的虚荣心得到满足的同时，我也感到非常惭愧和不安，我知道这是编辑老师对我的鼓励和希望……

与五月的乡村擦肩而过

长时间以来，我总觉得心里空落落的，也感觉生命像是在悬浮中，没有踏实，没有激情，没有向往。目光没有光泽，思维迟钝，感觉迟缓，身心疲惫不堪。敏感、诗意、思索……荡然无存，我不知道自己这是怎么了。

也许是宿命，因为土生土长的缘故，土地、泥土、土路、土墙、土屋、土炕、庄稼、田野、树木、小草、花朵、大山、溪流……濡染和浸润着我童年、少年的时光和生命，我的血液里从人之初就流淌着泥土和田野的气息。无论走到哪里，无论走多远，我永远也走不出乡土的世界，多年来的经历和体验一再证明了这一点。

曾几何时，我栖居的小城周围有大面积的土地，有土地就有庄稼，有庄稼就有满目的生机和生命的色彩。我忘不了那些给予我生命愉悦和令我怦然心动的美好时光。春、夏、秋、冬，我的脚步常常在田埂上停留，我的目光常常在不同的庄稼身上穿梭，随之而来的默契、爱恋、惊喜、感动会弥漫全身，润泽心灵。

中秋时节，农人播种后不久，陆续发芽的冬小麦苗似无数枚微黄微绿相间的针，直直地扎在地皮上，细微而有光泽，在光线逐渐微弱的阳光下，更加光亮和富有生机。清晨，还有晶莹的露珠挂在一枚又一枚的“绿针”上，天空下，大地上，生命最初的力量和魅力是那样感动人心。到深秋和初冬，小麦苗已经明显地长高了，由一枚又一枚的“绿针”变成一棵又一棵麦苗，而每一棵麦苗的叶子又增加了几片，也增宽了，颜色变为深绿色，这时就看不到地皮了。随着气温降低，小麦苗开始伏地，贴着地面继续生存。

到了冬天，一片又一片的麦地里，一簇又一簇颜色更加深绿的麦苗在万物凋零的季节，依然呈现着生命的信息和绿意。冬天到了，春天还会远吗？经过了萧索，经过了枯寂，经过了寒冷，经过了落寞。气温渐渐升高，天气一天比一天转暖。春回大地，万物复苏。冬小麦苗开始返青，就像田野里悄悄发芽的小草一样，一天比一天绿，一天比一天富有生机，一天比一天惹人爱怜。柔软、温暖的春风吹着，细密、珍贵的春雨下着，树枝抽芽绽绿，桃花含苞待放。没过几天，大自然中就是一派生机盎然、欣欣向荣的景象。而田地里的小麦苗已经出落得娇嫩可爱、绿意融融。这时候如果在麦地边行走或停留，泥土、青草、麦苗的气息会让你如饮佳茗，无比惬意。

初夏的麦田，同样令人心仪和迷恋，麦苗体态轻盈、亭亭玉立、绿色欲滴，一阵又一阵热风拂过，绿色的麦浪一波未平，一波又起，成为夏天原野上动人心魄的景致。生长、分蘖、抽穗、扬花，成为小麦一生中最繁忙、最美丽的阶段。当齐刷刷的绿麦穗成片成片地出现在原野上的时候，麦田最生动、最妩媚、最丰腴的舞蹈开始在广袤无垠的大地上上演，精彩的内容怎能不令你如痴如醉、流连忘返……热浪在天地间滚滚的时候，碧波荡漾的麦田很快变化着，由碧绿到浅绿，由浅绿到泛白，由泛白到黄澄澄的色调。这时候，大地上色彩丰富的图画一览无余地出现在人们面前，在黄澄澄的麦田中间和周围，有开着蓝莹莹小花的胡麻，有擎着白色的、紫色花朵的洋芋……没几天，黄澄澄的麦田变为金黄色，金黄色的麦田在火热的阳光的照射下，明亮生动，熠熠生辉，成熟的麦香味随着热风飘动，直入肺腑，沁人心脾。在一片熟透了的麦田旁边，我被沉甸甸的凌乱的麦穗的情景惊得目瞪口呆，语无伦次，似痴人说梦般呓语不断，继而是惊心动魄、心悦诚服的感动，对自然、对生命、对土地、对成熟的感动，还有对自然、对生命、对土地、对成熟的敬畏。我在成熟的麦地边站了很久很久，看了很久很久，想了很久很久……十多年前的这个场景像一幅生命激情澎湃的油画，镌刻在我的心上……

如今，这一切离我越来越远，我的生命也愈来愈荒芜。随着工业化、城市化进程的加快，县城周围大面积的土地被切割、利用、占有、闲置，土地越来越少了，庄稼越也越来越少了……

是五月的乡村之行，使我彻底明白了近年来我身体状况和生命状态每况愈下的真正原因：我的脚步离开了泥土，我的目光离开了庄稼，也就是说，我渐渐离开了滋润和滋养我生命的最重要的东西……

因为一件琐事，五月下旬，在两天之内，我跑遍了这座小城的一些乡村，尽管坐着车，尽管匆匆忙忙，尽管浮光掠影，但是车窗外大面积的土地和绿油油的庄稼让我泪眼迷蒙，心潮澎湃，精神振奋。我在心里不停地说：久违了，生长万物的土地，久违了，给予人类生命营养的庄稼。

因为多年干旱的缘故，西海固土地上的生命依然唱着顽强、坚韧的歌谣；绿色更加显得珍贵、美好。

五月的乡村绿油油、静悄悄的，是一年中最丰盈、最饱满、最迷人的季节。你看，虽然是一片又一片瘠薄的土地，但以葱茏的麦田为主的原野流绿滴翠，生机盎然，把大地装扮得绿色荡漾，美丽诱人。无处不在的疯长的绿草、硕大绿叶的树就更不用说了。一座又一座村庄掩映在绿树、绿庄稼的怀抱中，寂静、和谐、幸福、安详。

在骄阳的照耀下，我经过一段公路，看到路旁的麦田时，便情不自禁地走近，目光急切地凝视着麦田，双手轻轻抚摸着已经抽穗的麦子，我的双眸开始湿润，心潮澎湃，不能自已，已经有很长很长时间没有和田野里的庄稼亲密接触了啊！

时近傍晚，我还走在一条宽阔、干净的公路上，此时车辆、行人稀少。公路边是枝繁叶茂、高大挺拔的杨树，附近是连成片的绿庄稼，还有河流、花草、大山、树木，除偶尔飘来若天籁般的鸟声外，一切都静悄悄的。我真的像置身于世界的空寂之外，一个人独享着这难得、久违了的宁静、凉爽、惬意。就这样走着，走着……

…………

与五月的乡村擦肩而过，与大面积的土地擦肩而过，与生机勃勃的庄稼擦肩而过……

第二辑

岁月

父亲的病

一

几个晚上，我梦见老家，梦见老家的那条巷道，梦见院落，梦见房屋里的一些物什，梦见一些奇怪的人，梦见一些奇怪的物；梦见我搀扶着父亲走着，父亲的身体很轻，很弱……梦见我大哭着，惊醒了。

二

每隔几天，我都会让儿子往老家打电话，问候爷爷、奶奶，是否感冒，身体可好。每次得到的回答都是好着，让我们多注意身体，不要操心。当然，哥哥、弟弟都会不时地往老家打电话问候的。这次，我确实觉得连续几晚梦中的情景有些反常，心里忐忑不安，坐卧不宁。当我拨通老家电话的时候，是母亲接的，母亲说她身体好着，没有感冒；说父亲身体也好着。依旧是关切的话语和不断的叮咛。

三

不停劳作的父亲，不断奔走的父亲，把退休后的时光和生命倾注在土地和庄稼上的父亲，终于病倒了。

四

几天后，是农历十月初一晚上，我突然接到哥哥声音急促的电话，问我家里有钱吗，父亲病了，他已经租车回老家去接父亲，快返回了，让我等着。我说有点。刚说了几句话，哥哥就挂了。我心里纳闷，身体一直好好的父亲，怎么说病就病了呢。我开始焦急不安地等待着。心想，这么晚了，父亲一定病得不轻。父亲的确病得不轻。当晚八时许，弟弟打电话问候的时候，母亲说了父亲的病，而且发着高烧；弟弟这才告诉了哥哥。

这时候，我坐卧不宁，心里乱糟糟的，嗓子里像在冒烟，着急得不行。于是，我来到楼下的街道上等待。无论任何时候，等待的时间总是漫长，而在十月初一晚上的街头，等待病了的父亲，时间就愈加显得漫长，就像静止了一样。夜深了，天气阴沉着。一阵又一阵的冷风吹着，把人们“送寒衣”之后留下的纸屑不时吹得满大街乱飞，也吹得我身上的寒意不断加剧。

街道上几乎没有行人和车辆。十月初一晚上，整个世界都显得有些异样，给人不同于平常的感受。仿佛笼罩着一种幽微、阴森、莫可名状的气息。这样的时刻，人总会想到许许多多的事情。站在空荡荡的街道上，我感觉不到害怕，只有牵挂和着急。我不停地走来走去，不停地张望着这条街的南面，偶有远远的车灯闪烁，我都会急急地睁大眼睛去看，迫不及待地向前走去，但是每一次都落空。等也不见，等也不见，这样我更加焦急不安，心烦意乱。我给哥哥打电话，哥哥说快到县城了。

十多分钟后，哥哥又打来电话，说他们已经到东关小区了。时间晚了，估计医院里也没医生，让父亲先住在他那儿，明天早上再带父亲去医院做检查。哥哥简单地说了父亲的病情。我惴惴不安地离开街道，回到家里，整个晚上，辗转反侧，久久不能入眠。

五

翌日早晨，我给哥哥打电话，哥哥说父亲已经住院了，是嫂子在照顾着。我心急如焚，准备去医院看望父亲，不料有事忙碌了起来，但总是心神不宁，一心想着能快点去医院。这天天下着大雪，天气不是太冷，消融的雪水洇湿了街道，也洇湿了我的心。当我急急忙忙赶到医院时，快中午了，来到父亲的病床前，我看到父亲正在挂着吊针。父亲虚弱得连说话都很费劲。我感觉父亲一下子苍老了许多，鬓发斑白，眼窝深陷，瘦弱得让人心疼。父亲艰难地在病床上挪动着身体。由于发着高烧，父亲显得疲惫不堪。我把买来的冒着热气的花卷递给父亲，父亲颤抖着手接住了，费力地吃了几口，在一旁的哥哥又给父亲剥了个橘子。我想起一月前，父亲来县城办事，也住在哥哥那里。有天早晨，父亲离开小区到外面走着看了看，然后又到我家里来看我儿子，十二点多，哥哥打电话问我：父亲到我家了吗？那时我还在忙碌。挂了电话，我急急忙忙往家跑，在我家楼下的街道上，我看见父亲手里提着一些水果，站着等待着……一个月未见，身体一直健康的父竟然被疾病折磨成了这样。看着病恹恹的父亲，热泪在我的眼眶里打转，喉咙里好像有什么东西堵着，不知说什么好。

六

原来父亲感冒咳嗽一个月时间了。父母每次感冒咳嗽吃点药就好了，但这次总是不见好转，就这样坚持着，父亲也不让母亲告诉我们，说我们都忙；因此我们打电话问候的时候，母亲总是说他们好着，让我们不要操心，干好自己的事情；这次父亲感冒却越来越严重，还发起了高烧，但是，父亲仍然坚持不让母亲告诉我们。

七

一次，妻子搀扶着父亲去做检查。妻子告诉我，父亲都走不稳，颤颤巍巍的。她也不敢相信，身体一直好好的父亲，在家里不停劳动的父亲，怎么突然病成了这样。她也在我面前埋怨说父亲有病了不早点说，不早点看。我说父亲一直都是这样，不轻言自己有病，他也知道自己的身体，感冒、头痛吃点药就好了。却经常担心给我们添麻烦……

八

新的县医院建到了城外。我们天天坐出租车去医院，给父亲送饭。晚上也在病房里陪着父亲。病房里每个床上都有病人，还有病人的家属，所以拥挤、凌乱。

于是，哥哥、嫂子、弟弟、弟媳、我轮流在医院里照看父亲。从早上到下午，父亲天天都在挂着吊针，不时还有各种检查。父亲的身体似乎越来越虚弱。发烧时断时续，一直没有退，特别是到了晚上，就开始发烧，我们便用湿毛巾敷在父亲的额头上，弟弟则用几个小瓶子装满水，换着放在父亲的腋下，以减轻父亲发烧时的不适。

有天晚上，是我陪着父亲。我一直在半睡半醒之间。担心半夜父亲又发烧。每过一会儿，我就要问父亲，头烧吗？喝水吗？因为这次父亲口也经常干。半夜，我起来方便。病人们都睡了。值班医生、护士也休息了。楼道里没有灯。当我走出病房，走过楼道时，感觉脚下全是水，心里纳闷，这是哪里来的水啊，我想到可能是哪里的水管漏水了。如果不及时处理，水会流到病房里。于是，我用手机照着找到护士值班室，敲了几下门，说楼道里有水，里面没有任何声响；我接着又敲了几下，大声说楼道里有很多水。

过了一会儿，我才听到护士的声响……

九

医生说，父亲的病只能边治疗边观察。

各种化验、检查都做了。治疗快一个月了，发烧还不时发作。哥哥多次问过主治医生，父亲的病情究竟怎么样，这持续不断的发烧是什么原因引起的；医生翻着一沓沓化验单和一个又一个片子，也说不清父亲究竟是什么病，他只是大概判断父亲身体某个部位有病变，但也说不准。医生还说，这持续的发烧肯定有原因，是啥病变引起的，一定要查清楚，如果单纯退烧，也可以，但是，这对查清病因有反作用。医生的话让我们心里很不踏实。父亲也开始对自己的病产生了怀疑。治疗这么些天了，他始终不知道自己究竟得了什么病，为什么医生不说，几个儿子也不说，是不是他们有意隐瞒着自己。可是，父亲说，就是有时发烧让他头晕，头疼，口干，身体不舒服，身体再没有其他疼啊涨啊的感觉。医生看到父亲和我们的焦虑，建议父亲到省城的大医院做进一步的检查，以便治疗。

十

为了能早点赶到省城的医院，我们凌晨两点就出发了。我一直担心父亲的身体，那么虚弱，能否坐得住，能否经得起五个多小时的长途颠簸。十二月的天气的确是寒冷的。凌晨就更加寒冷，冷风直往人脖子里钻，让人瑟瑟发抖。我的心情就像这寒冷的天气，阴沉而伤感。自从父亲住院以来，我心里一直忐忑不安。这次外出又完全是一个未知数，不知道会有一个什么样的结果。因此，我心里是焦急的、不安的、沉甸甸的。

坐上租来的车，离开县城，一路北上。坐在父亲身边，我不时问父亲，好着没。由于是深夜，路上车辆少，只听到外面有“呼呼”的风声响着。车内更多的是沉默，车外是无尽的黑夜。

大约八点，我们赶到了省城，省城就是省城，多年来给我的第一印象就是人多，车多，嘈杂、混乱，人都很匆忙。正是早市高峰，上班的高峰，街道上人头攒动。由于拥挤，车在大医院附近已经走得很缓慢了。让我稍感安慰的是，父亲的身体状况稳定，没有多大变化，下车后，我们提着一些简单的东西向医院走去，医院的一楼大厅，已经是人满为患。排队挂号的人很多。我们一起商议，让父亲先住下来，再做进一步地检查和诊断。哥哥先拿着县医院的转院证明，去急诊室询问，想着其他科室不可能让住院。过了一会儿，哥哥走到我们面前，说急诊室的答复是去别的科室检查诊断。这家医院，几年前，我和哥哥陪母亲来看过病。这次，哥哥竟然在满是人的大厅找不到挂号的地方。哥哥陪父亲坐着等，我先买了病历，然后排队等候，约半小时后，才挂上内科的号，我们又提着一堆东西，坐电梯来到三楼，这里等候叫号的人更多。于是我们就坐着等，大约半小时后，父亲的号到了，哥哥陪父亲一起去看，但是，不大一会儿，父亲和哥哥又走过来了，哥哥对我说号挂错了，医生说要挂另一个科室的号。就这样，我和父亲坐着等，哥哥再去一楼排队挂号。

看着眼前这么多愁眉苦脸的等着看病的人，我的心中是悲凉的。每个人都会有这样的体会吧：随着社会的发展进步和人们生活水平的提高，各种各样的疾病竟然成正比例增长，而各种各样药物的功效竟然成反比例下降。有一次，儿子扁桃体发炎，吃了几百元钱的药，也没有好，无奈，只好带他去挂吊针。现在在任何一个地方，特别是大城市，平时人最多的地方就是医院了吧……因为大城市的医疗条件比较好，但是，我发现大城市里的医院远远不能满足患者的需求，这从有些医院里人们半夜起来排队挂号就能说明问题。又是半小时后，哥哥才挂上号。可是我们一看，这个科室等着叫号的病人有几十个，于是，哥哥和一位亲戚去这个科室等着给医生说明父亲的情况，希望父亲住院治疗。父亲算是提前看了，医生看了父亲以前的化验单、检查单、片子，询问了病情，做了初步诊断，建议到另一个科室去做进一步检查。这位医生还给了个哥哥一张名片……

我们紧绷着的神经依旧没有松弛，生怕医院下班，匆匆地来到院内另一个科室，这个科室的规模是很大的，和一个小地方的医院一样大。来这个科室就诊的病人不是很多。诊断室就在一楼。哥哥挂上号后，是一位中年女医生给父亲诊断的，医生详细地询问了父亲的病情，没细看父亲以前的化验单、检查单、片子，就做出了病情判断，最后说还要做检查。哥哥对医生说明了父亲的身体状况和我们的情况，还说最好能让父亲住院治疗，这位医生说没有病床，都住满了。需要等几天，具体几天也说不准。于是，在没有病人时，哥哥和亲戚便苦口婆心地给这位医生说话，希望能帮助父亲住院；说了好大一会儿，这位医生才说：看到你们兄弟三人陪着父亲来这么远的地方看病，那我就尽量想办法，我和科室医生沟通一下，你们下午两点再来看情况。我们连连点头说着“谢谢，谢谢”。

我们看到了一点希望。中午吃饭的时候，父亲坐着都很吃力，看上去非常疲倦。父亲确实饿了，在一家饭馆要的一碗烩面片都吃完了。一个多月以来，父亲从来都没有吃上这么多。我心里也得到一点点安慰，只要父亲能吃进去饭，身体会慢慢恢复的。

从饭馆出来，亲戚们坐租来的车回家了，我们找了一家小旅馆，先住下休息。两点多，我们再去医院看情况。正好有位病人办理了出院手续，父亲就住下了。我们才算松了一口气，在这举目无亲的城市，在这人满为患的医院，总算能让父亲及时住院治疗了。先是几个实习生详细询问了父亲的病情和身体状况，也拿去了父亲在县医院做的检查、诊断书；接下来是简单的检查：量血压、测体温。不一会儿，口服的药、挂吊针的药都开上了。医生说还要做进一步的全面检查，有些项目要等到第二天早晨才能做。

父亲太累了，我也累了。这天晚上，父亲睡着了。我也睡着了。半夜我才迷迷糊糊地醒来，我赶忙问父亲，烧吗？身体是否有什么不适？父亲说就是口干，再没有什么不适。我为父亲倒了点开水，父亲喝了几口，又睡着了。

第二天，父亲做检查的一个细节深深地留在了我的记忆中。

除了尿等的化验外，医生还拿来了12个拇指粗的玻璃瓶子，用来采集父亲的血液。轻轻扶着父亲的胳膊，看着血流满一个个玻璃瓶子，我的心一阵紧似一阵。父亲的身体那么虚弱，这样的采血父亲能承受得住吗？这时，我们是不能随便说一句话的。渐渐地，血液流得很慢了，我们疑惑不解，医生说父亲的血液太黏稠了。在我的胆战心惊中，装满父亲血液的12个玻璃瓶子终于被医生拿走了。我们这才扶父亲躺下休息。

父亲知道我忙，他说有哥哥照顾着就行了，让我坐车回去。我说等检查结果出来吧，可是父亲执意说不知道要等几天呢，坐着也没事。哥哥也说让我回去。我想着自从这次父亲看病以来，母亲一个人在老家的小村庄里生活，尽管有时和父亲通过电话，但是我知道母亲也会着急、牵挂的。就想着回去看看母亲。

于是，我怀着不安的心情告别了父亲和哥哥。坐上班车后，我给忧心忡忡的哥哥发了一条短信：希望父亲平安无事！希望哥哥想开点，正确对待，无论遇到啥情况；需要住院费时就给我打电话……

回老家看望母亲

入冬后，天气一天比一天变得寒冷，一天比一天黑得早。

父亲在县城的医院看病、住院以来，我既担心父亲的病情，也牵挂在乡下一个人生活的母亲。打工的活儿，本就劳累；因着病重的父亲，因着远在老家年迈的母亲，每天我的脚步愈加匆忙，心里愈加忐忑不安。

父亲天天挂吊针。哥哥、嫂子、我、妻子、弟弟、弟媳轮流往医院跑，为父亲送饭，并照顾父亲。时间过去一个月了，父亲的病情稍微有点稳定，但是，主治医生始终没有诊断清楚父亲的病，他只是根据临床经验和机器检查的情况，判断父亲身体的某个部位有病变。在医生的建议和我们的要求下，哥哥和我送父亲去省城的大医院做进一步的诊断和治疗。

我也想到当母亲知道这一消息后，一定会着急和操心的。母亲会理解为：县医院一个月都没有治疗好父亲的病，说明父亲的病很重。母亲的身体一直很虚弱，她能经受住这样的打击吗？

父亲好不容易在省城人满为患的医院住下来后，医生说各种检查、诊断要等好几天，在父亲的催促下，第二天早上，我心情沉重地坐班车返回了县城，趁请假的时间，我要尽快坐班车回到老家，把父亲的情况告诉母亲，让母亲不要太着急，不要太操劳。

很长时间没有回老家了。当我上坐班车经过一个路段，发现这个路段已经改道了。现在班车行驶的是新修建的平坦的柏油路。不知在过去多少年里，这个叫“双堡子沟”的路段的确是一个大深沟，二十多年来，我时常坐班车路过这里，由于多年山水的冲刷，沟内道路曲折难走，隔一段时间，就会有人修，但是，总是没有修好。也许是路况太差，加之泥土的地面下陷，确实有难度？班车过了“双堡子沟”，再七拐八弯地上了一座很大的山，然后曲曲折折地下了山，才能到达庄浪县城。以前，下雨下雪天，“双堡子沟”内不知翻过多少车，出过多少事故，伤过多少人，这些不堪回首的往事终于成了历史。

到庄浪县城又转乘到乡上的公交车，行驶大约一个多小时后，就到了。此时此刻，让我眼前一亮的是：我走过许多年的这个村道被硬化成水泥路了。而以前的土路每逢下雨时真让人们吃尽了苦头。走过村道，再步行半小时崎岖不平的山路，才能到达老家。我曾经写过几句话：老家，坐落在我的心上，要到达，却要走很远很远的路！当我敲着大门喊母亲的时候，听到母亲边答应边往来走，开开门，母亲也感到意外，问我怎么回来了。

母亲把我手里提的食物和水果放到桌子上，看着我说：她从电话里已经得知父亲去省城看病了，在电话里，她和父亲说了话，父亲说了他的身体状况，她不是太心急……

我知道，这是母亲在安慰我，让我宽心，不要操心她，干好自己的事情。我心里也知道，母亲怎能不心急呢，这么长时间了，怎么一个感冒治不好还要去离县城那么远的省城去看？

这天天气阴沉着，飘着雪粒。

村庄安静极了，没有一点点声响。更多的人家已经搬到山下的“新农村”居住了。村庄里的家禽、家畜很少了。大多年轻人都已经跑到外面的世界打拼去了。曾经养育了多少代人的土地和村庄已经越来越荒凉了。

坐在火炉旁，我的目光落在房内的物什上，旧沙发、旧写字台、旧电视、旧面柜、旧桌子、三个旧木箱、土炕、被褥、土地、一根撑着房梁的旧木柱……就是这些陪伴父亲、母亲多年的用物，此时显得苍老，了无生机，现在和母亲一起打发着漫长、寂寞的时光。

是的，还有和这间上房并排的厨房、养过牲畜的偏房，还有院子北面的两间房子，房顶上的瓦都已经灰暗、陈旧；还有院落里堆放杂物的简易草棚，柴火，一些农具，家具，窖，一棵茂盛的落叶松，一棵不开花不结果的香蕉梨树，一棵单薄的花椒树，自来水管……一切的一切，是那么熟悉，那么亲近，都让我情不自禁，油然而生温暖和伤感的情怀。

在我沉思默想中，母亲已经端来了热腾腾的饭。

吃着母亲为我做的饭菜，看着苍老、孤独的母亲的身影，听着母亲的话语，眼泪一遍又一遍地在我的眼眶内打转。不知怎么，我觉得母亲是一下子变老的，身体萎缩了，头发灰白，面容憔悴。

我到中年了，而父亲、母亲却一天比一天苍老了。这就是自然规律，这就是岁月的无情。

和母亲说着话，我觉得踏实。母亲还说了村庄里几个年龄更大的老人的身体状况，几个已经生病去世了的人。我这次回家，母亲的心情稍微好了一点。也许经历了无数风霜雨雪，尝尽了酸甜苦辣，渡过了艰难困苦，母亲对人生的一些看法让我都感到吃惊。当然，我们说得最多的还是父亲的身体和疾病。我埋怨母亲，应该早点让父亲去县城看病。母亲说，你父亲的脾气你不是不知道，有时候是很倔强的，他根本不让她告诉我们；以前只要感冒，他吃些药就会好。而这次吃了很多西药，就是不见好转，还一天天加重。但是父亲仍坚持不让母亲告诉我们……

临近傍晚了，我突然决定带母亲回县城住，生活在这寂寞的村庄里，母亲太孤单了。遂打电话给县城的弟弟，让他租车，母亲又与远在省城的父亲通了电话，征求父亲的意见。

这期间，我把父亲天气暖和时背回家的十几捆木柴从院落外的一个园子里一捆一捆地背到院子里，木柴干透了，我背在身上都有重量，而这些木柴湿的时候，每捆大约有八九十斤重，是父亲从较远的沟道里或山梁上收拾好一捆一捆背回来的……

我家院落后的这个园子很大，是邻居家的，里面长着一些杏树、梨树，种着些蔬菜。而最早我家院落也是邻居家的园子，可见邻居家以前是比较殷实的人家，后来是生产队（20 世纪六七十年代的叫法）划给我家的，加之我父亲在外工作，有十多口人的邻居家可能一直心怀不满，因此，我少年的时候，感觉邻居家的每个人都凶巴巴的，看我们都没有好眼神。我们兄弟是不敢走近这个园子半步的。而眼前的情景真让我感叹唏嘘：曾经人口兴旺，生活红红火火的邻居家现在只剩下老婶婶一个人生活了，七十岁的人了，还种着庄稼。她虽然有三个儿子，一个女儿，但是他们早都分家另过；两个儿子也在这个村庄里生活。我听母亲说，他们根本不照顾老婶婶。现在她家的院落和房子破旧不堪；院落后面曾经生机勃勃的大园子也是一片荒芜和萧条的景象……

我摆放好木柴后，回到上房坐下来休息。

母亲认真地对我说：她不去县城了。父亲说由她自己决定。父亲也没说不让她去县城；但是她要等父亲看病回来再说。

我知道，是父亲放心不下陪伴他和母亲生活多年的老房子和一些物什啊！

年的絮语

春 联

春联最早叫“对联”，老家的人们叫“对子”。

试想，如果没有对联，人们的生活和世界将失掉多少色彩和情趣。

对联的内容，人们对对联的态度、认真和热爱，体现了人们生活的变化和内心的变化。

就像人们创造了春节一词的用法一样，于是，就有了春联的说法。

作为更多书面用语的春节一词总是浮于表面，而人们内心深处既亲切又温暖的还是“年”。“过年”“回家过年”“过年了”，成为年关时节人们心头的暖流和最殷切的期盼；“过年好”则是过年时人们说得最多最充满感情的一句话。

时光一走进腊月，年味就一天比一天浓烈。人们的脚步也一天比一天匆忙，连空气都变得清冽醇香。

而对联绝对是过年的点睛之笔，是不可缺少的。从古至今，当人们为过年精心筹划、准备，并付诸实施后，只有在门上贴上新鲜、红艳、饱满、满意的对联后，才算开始过年了。

我小的时候，村庄里的人们对过年是欢喜和充满敬意的。不管家里条件如何，除了购买年货，写对子，贴对子，便成了大人们的一项重要活计和仪式。

写对联是有讲究的。毋庸置疑，对联是知识的结晶，是智慧的结晶，是文化的印痕，是文明的一角。

从每年除夕早上开始，一两个能手执毛笔、动作娴熟而又有条不紊书写对子的有知识的人，成为村庄里最体面、最受人们尊敬的人。写对子用的纸是大人在赶集时就买回来的。在铺展开的裁好的红纸、绿纸、黄纸上，写对子的人开始大显身手，一手轻轻压住纸，一手挥着饱蘸浓墨的毛笔，胸有成竹地书写他心中的诗情画意和人们美好的愿望。写对子的时候，屋子里是很安静的，由于写对子的人认真仔细，气定神闲，在一旁看的人，也像受了感染，进入了一种神圣的状态——很少说话，一边帮着写对子的人换纸，一边把写好的对子小心谨慎地放到旁边晾干。写对子的人要根据这家人的房子多少和类别，分别写上几副对子，还要为前来的人家都写好对子，因为每一家每一个房门上的对子内容是不同的。写对子的人一副接着一副写，也顾不上喝一口水，但他心里是喜悦的，这从他一直微笑的表情上能看得出来。常常写上一两个时辰，他又被另一家人叫去写。当然，这样的劳动是无偿的。写对子的人心里乐意，村庄里的人们更加乐意，也充满了尊敬和感激。这在今天看来是不可想象的。

除夕下午，在村庄里，人们先要做好“献饭”，给逝去的亲人上坟，“领”逝去的亲人回来一起过年。

回来后，给亲人敬上“香”，就开始贴对子。

贴对子也是有讲究的。房子的先后顺序、对联的左右顺序是不能乱的。

父亲要求我们洗干净手，小心翼翼地拿好背面刷着糨糊的对子，他亲手一副一副地端端正正、平平展展地贴到每一扇门上。厨房门上贴的是绿纸的对联。

如果有亲人逝去的人家，三年内有忌讳，每逢过年时，门上贴的是绿纸的或黄纸的对联。烧“三年纸”时，开始贴红纸的对联。那时候，我不明缘由，现在想来，是人们对逝去的亲人的尊敬和怀念。

贴上新鲜的红红的散发着墨香的对联，家里一下子增添了喜庆、新颖的气氛。村庄里到处洋溢着年的色彩和味道。这标志着过年仪式的开始，我们小孩子心里乐开了花，欢笑、嬉闹着燃放鞭炮。家家如此。在接连不断的鞭炮声中，过年的高潮也就开始了……

现在，在城里街道上，我们看到摆放更多的是印刷为成品的千篇一律的春联，没有多少特色；也有速成的写春联的人，往往是早就写好的相同内容的好多副对联，挂在一边，等着前来购买的人……

为了挑选一副自己满意的手写的对联，我要花费不少时间。

而过年时潦草地粘在无数铁门上、卷帘门上、玻璃门上的一副副内容俗气、缺乏新意的春联，让我看到了一些人们对传统文化尊敬和敬畏的丧失……

我也觉得城里年的味道淡而无味……

灯 笼

灯笼很容易让人想到光明、光亮、温暖、希望。

逢年过节，人们都要悬挂红红的灯笼。尤其是过年，象征喜庆和团圆的红灯笼是必不可少的，和对联一样重要，是年的重要组成部分。

过去，由于受到生活条件的限制，像灯笼这样的物什，寻常百姓人家是不轻易挂的。当然，这只是一个地方的习俗和传统。最早悬挂红灯笼的是宫廷显贵，富豪商贾。

20 世纪 80 年代，在老家，谁家大门上能挂上一个装有灯泡的大红灯笼，亮堂堂的、红艳艳的，会引来不少观望的目光和啧啧赞叹声。

其实，最早的灯笼是用纸糊的，只是里面的发光源不同，用的是煤油灯或蜡烛等。

尽管这样的灯笼简单和麻烦，但是丝毫影响不了普通百姓过年的快乐和对美好事物、美好生活的追求和期盼……

多少年过去了，我依然记着冰心先生描写过的那个黑夜，那个黑夜里的小女孩，小女孩生病的母亲，小女孩为冰心先生做的

“小橘灯”，冰心先生提着“小橘灯”走在山路上的情景……“小橘灯”给了冰心先生多么大的震撼、信心、希望和力量啊！

现如今，一进入腊月，无论是乡村的集市，还是城里卖年货的市场、商部，都能看到各种各样的灯笼。而被不计其数大红灯笼装扮和点缀的城里的年，才有了红红火火、热烈喜庆的节日的气氛。

…………

在元宵节，城里就成了灯笼的色彩、灯笼的海洋、灯笼的世界。

在元宵节，就连三岁小孩，都能手提小小的、亮闪闪的灯笼作为玩具，享受属于自己快乐的童年。

就要过“蛇年”的年了。我不止一次地站在夜晚的窗前，看到街道上已没有了行人，路灯照亮了黑暗。

我想着更多的黑暗，那波涛汹涌般的黑暗；不只是大自然的黑暗。

黑夜并不可怕，有的是月光、星光、灯光。

黑夜会过去，有黎明，有曙光，有太阳。

秋天的伤痛

2003年中秋的一天，妻子有事去固原返回后，郑重其事地问我："文学圈子里是不是有个叫左侧统的？"我说："是啊。"以为有什么好消息，便认真听着。她说她从一张报纸上看到，有石舒清等人为他写的文章，他去世了……听妻子说完话，我几乎不敢相信自己的耳朵，惊讶得语无伦次："这怎么可能，我见过他一面，非常年轻的一个人……"

不久，我从《固原日报》上看到一组总题为《秋天的怀念》的文章。是几位作家、诗人写给侧统兄的。我怀着十分沉重的心情默读了这些令人伤痛的文字，侧统兄的形象不断地在我眼前闪现……

1996年夏天，我有幸参加了首届"老龙潭笔会"。就是在这次文学笔会上，我不仅饱览了泾源的绿山清水，风景名胜，也见识了石舒清、虎西山、火会亮、韩聆、王怀凌、梦也、李方、单永珍、杨建虎等作家和诗人。而侧统兄则给我留下了更为深刻的印象。笔会间隙，许多作家、诗人在我的笔记本上写下了赠言。

侧统兄只写了地址，他还对我说：“……以后多联系……”尤为难忘的是：作家、诗人们在游览了荷花谷后，笔会的当天晚上，石舒清、火会亮、侧统兄和我坐在了一间客房里，他们严肃、认真地谈论着相互作品的得与失，谈得那么投入，那么仔细，那么精辟……作为一个爱好者，我认真地倾听着。他们友好、真诚的谈论感动了我，也深深地感染了我，在谈及侧统兄的一组散文时，我记得是某年某期《朔方》杂志上的，便说：“有一篇《向日葵》……”侧统兄转过脸来，睁大眼睛看着我，希望听听我的见解，而肤浅、无知的我能说出些什么……

身体结实，脸色稍黑，留着较长头发，一副静默、深思状的侧统兄的形象便永远留在了我的心里。

作家陈继明曾写道：“……而他（指侧统兄）在‘存在’，在无声地‘行走’，他和命运是等同的……在他眼里，文学并不是区别于数学、哲学、逻辑学的什么特殊样式，而是命运本身，存在本身，思想本身……但是，他有可能突然写出一篇惊世骇俗的大作品……”但是，侧统兄突然走了，告别了他热爱的世界，告别了他忧患的人类，留下了永远的遗憾和伤痛……

侧统兄的文字我读得不多，可是我知道他关于西海固、关于文学、关于命运、关于人类……都有自己独特的见解和认知……

秋天是一个灿烂辉煌的季节，是一个成熟、丰硕、收获的季节，而侧统兄却成为秋天的一道伤口，让我们驻足，沉思和伤痛……

秋天的怀念

——忆朱世忠先生

2010 年 8 月 9 日早上，我在几位朋友的博客中看到了一条不幸的，也让我非常震惊的消息：朱世忠先生于 8 月 5 日下午 6 时因病去世了……想不到体格强壮、平易近人、开朗乐观、爱岗敬业、爱憎分明、虚怀若谷、为人为文颇受人们尊敬，在宁夏文艺界有一定影响和成就的先生竟突然走了……

我怀着沉痛的心情阅读了几篇怀念先生的文章，有作家南台的《难以相信，你才 48 岁！》，郭文斌的《今晚，先生回家》，火舺舫的《朝着空气射击，也是有的放矢》，程耀东的《这个秋天》，诗人杨建虎的《轻云一抹乘鹤去》，王佐红的《祭朱世忠先生文》等，使得我对先生的为人为文方面有了更多的了解，以及诸位作家、诗人对先生的敬重、恩情和追忆。

我也想起了与先生的几面之缘。

第一次见到先生是 1996 年 6 月。由固原文联、《六盘山》

编辑部举办了“首届老龙潭笔会”。我有幸参加了这次笔会，这次笔会也成为我生命中永远的记忆，因为固原大部分作家、诗人参加了这次笔会，还有泾源湿润人心的青山绿水。更重要的是，作为文学爱好者，我见识了当时就有名气的石舒清、虎西山、钟正平、张光全、火会亮、王怀凌、李方、单永珍、韩聆、梦也、杨建虎等，还有已故的左侧统，当然还有朱世忠先生。我真正领略了各位作家、诗人的笑容可掬和激情荡漾的风采。很多作家、诗人还在我的笔记本上认真地写下了热情洋溢的赠言。其中薛正昌和先生共同的赠言是：“天道酬勤”。十五年过去了，我依然珍藏着这个有纪念意义的笔记本，还有各位作家、诗人之间的友好、互相尊重和对文学的虔诚和痴迷……

先生是爱憎分明、疾恶如仇之人。这从他大量的华彩文章中能读得到。

开了博客之后，有时我会去先生的博客里溜达，不时留言问好，先生也会问好我。先生的才能、才华和勤奋都是大家公认的，在写作领域涉猎之广也是大家敬佩的。先生不时有精彩的文章出世，特别是先生“荡涤污泥浊水、激浊扬清”的杂文，读后让人产生酣畅淋漓之感……拿先生的杂文集书名《朝着空气射击》来说，就有很深的寓意和警示作用，空气是人人都离不开的东西，“朝着空气射击”其实是朝着所有恶人、坏人、小人、奸人射击，也是朝着所有一步一步变为恶人、坏人、小人、奸人射击……本书的内容正如火舯舫先生所言：“……总体印象是令人鼓舞，发人深省的。纵观全书，所有文章都是以小见大，以点带面，以局部彰全局，来揭示一种社会现象，阐发一个道理。有的似投枪，针砭时弊，洞穿伪装；有的如烛光，照耀弱势，讨还公道；有的像劲风，驱逐阴霾，还原美景；有的又如牧笛琴瑟，营造一种和谐之音，让读者于郁闷之中享受快乐；有的是兼而有之。作者的敬业精神、忧患意识、民本思想和爱国情怀跃然纸上。”

先生还是平易近人、虚怀若谷之人。

有一次我给先生留言，问及先生的散文集《秋天开花的梨树》，作为时任自治区新闻出版局办公室主任的先生竟然这样回复我：“……都是我想得不周到……”想想，此书出版已有两三年之久，而且对一个普通如小草一样的人，先生却责怪自己，这让我非常惭愧，也感到不安。只此小事，足见先生的品质和襟怀。我立即回复先生：“先生怎能自责，都是我的怠慢、疏忽和对先生的不敬……”

还有一次，先生对我博客上的一篇小文作了留言：“已收藏。”这让我很感动。对我这样才疏学浅的无名小辈，先生在百忙之中也前来给予指点，实属难能可贵。我知道，是先生给予我鼓励和信心。

2009 年 12 月中旬，固原市文联、《六盘山》编辑部在固原召开《六盘山》评刊会，参加会议的有各县的作者代表等，还有受邀请的知名人士朱世忠先生、丁朝君等。我也参加了这次会议。我记得在这次会上，大家都发了言，而我觉得先生的发言最精彩，最让人震撼。虽然我忘记了先生发言的题目，但是先生的发言层次分明，有理有据，激情飞扬，妙语连珠。从办刊的思路、风格，到创作的方法、意义，以及《六盘山》杂志在培养本土作家方面发挥的重要作用，都让人拍手称快，赞叹不已。

这天晚上，由《固原日报》副刊部举办招待晚宴。副刊部主任杨建虎邀我前往，我一再推辞，觉得自己去不合适。杨主任说没关系。我去了之后，已是高朋满座，先生在，报社的领导等也在，我知趣地离开了。近两小时之后，我再去，但见场面气氛热烈，笑语欢歌。先生又在大家的鼓动下站着唱起了“花儿”：“……走来（者）走来（者），越远地远下咧，眼泪的花儿飘满了，哎咳咿儿，眼泪花儿把心淹了……”苍凉、优美的歌声让大家听得如醉如痴、激情奔涌。

是的，先生是豁达、快乐的人，是能让大家快乐的人。只要先生在哪里，哪里就有笑声，哪里就有歌声。这也是大家有口皆碑的。

宴席散了之后，在楼道里，我和先生走到了一起，手握在了一起，让我感到意外的是，先生笑着拥抱了我，而且还把我抱了起来。我也试着抱了一下先生，心想先生这么强健的体魄，我是否能抱得起，最终我还是抱起了先生……

往事如昨，先生却永远地走了……

只有香如故

——怀念李成福先生

一

20 多年前，我知道了李成福先生的名字，是在《六盘山》杂志上，有他的散文《浪涌千叠暖心头》《羁旅邂逅》等。后来，我通过郭文斌老师认识了先生，先生衣着朴素，身体结实，声音温和有力，总是一副笑眯眯的表情，让人觉得可亲可爱可敬。于是，先生就成了我的良师益友。

15 年前，我已下岗失业，但我仍然是一个热血沸腾的文学爱好者。不断地涂鸦，不断地投稿。有时候，也去先生工作的单位固原地区文联（现在的固原市文联）《六盘山》编辑部走走。先生那时候是《六盘山》副主编、散文编辑。

1997 年第 1 期《六盘山》杂志发表了散文小辑。其中有我的《冬日，放飞的心》，我不知天高地厚地用着一个笔名。先生的编辑手记《就要散文这两个字》中有段话："有兴趣翻翻《六盘山》的读者会发现，去年的最后一期上没有刊载散文。不是没有可发表的稿子。恰恰相反，已经编定的一组散文稿在编辑部引起一阵反响……都说散文最难藏拙，信哉斯言。小集中的个别篇什难掩稚拙气，是初学者的试笔之作。唯其如此，才多了几分真性情……"难掩稚拙气的文字就是我的，这是我发表的第二篇散文。之后，我投的习作更多了。我与先生就有了书信往来。在《六盘山，我生命中永远的记忆》这篇文章中，我写下了一些与先生书信往来的文字。

直到现在，我仍然保存着先生写给我的信件。老师的称呼已不能表达我对先生的敬重和愧疚。

今天翻看2000年第5期《六盘山》，看"刘向忠散文小集"，我是羞愧的，这个小集配了作者简介，还有先生写的编前语《精神世界的艰苦跋涉者》。用先生的话说，是"纯粹精神意义上的鼓励"。但是，这"个散文小集"奠定了我写作的根基，坚定了我坚持写作的勇气和毅力。

后来，我读到了先生的一些文章，有《六盘山》上沉甸甸的《追寻大先生》，有《固原日报》上平民情怀的《我的"民间行为"》《民间验方》，有《朔方》上真情怀念的《家乡景物祭》等，很是喜欢。有感于先生文章的意蕴，我深有感触地写了近2000字的读后感……就在这段时期（2001年），我看到《散文选刊》杂志辟有《读者推荐》栏目，于是，把读到的感动自己的文章写上推荐人语邮寄出去，想不到该杂志先后三次刊发了我推荐的文章和推荐人语。

还有一个细节，我不能不提及。

大约是 2001 年，有一次，我去《六盘山》编辑部，也许是先生看到我的真诚和工作的艰难，先生给当时固原地委组织部一位姓咸的副部长写了一个纸条，意思大致为：请给隆德县委宣传部陈部长说一下，能否把刘向忠调到宣传部。还让郭文斌老师引着我去见咸部长。现在想来，此事非同小可。先生与我非亲非故，竟做出了这样的决定。咸部长一定是先生的学生或朋友，要不谁能接受啊！对于自己的子女，先生也不过如此吧！记得当时咸部长好像说有希望。回去后，我就下岗失业了，也不想再给先生添麻烦，就没有去找咸部长。先生于我的恩情，我也就置之脑后了。

二

2014 年 4 月，我在屈文焜先生的博客中看到了他为自己的同事、朋友李成福先生《北坡堂存稿》一书作的序言。我竟然不知道李成福先生已经病了一年有余。《北坡堂存稿》是先生的小女儿四霞（李敏）帮助父亲认真选编的。我存着四霞的手机号。已近麻木的我依然没有打电话问候先生的病情，更没有前去看望。先生不仅于我是有恩情的，于很多人都是有恩情的。

2014 年 5 月 23 日晚 9 时许，我突然接到李义的电话：说先生病重云云……我感到事态严重，一下子蒙了，如五雷轰顶，就是接受不了。不知道该说些什么。怎么会这样啊！怎么这样突然啊！我自言自语着，也开始深深地自责。当即决定第二天去看望先生。这一夜，我在似睡非睡、半醒半梦之间度过。第二天是星期六，我早早地起来，去单位请了假，就去搭乘到固原的班车。由于六盘山隧道封闭维修，车需要绕道行驶，到固原就耽误了许多时间。下车后，我急急忙忙赶往先生所住的医院，不见先生及家人。一打问，先生已经回家了，我心里开始紧张起来。我给四霞打电话，问了住址，又慌慌张张赶到先生的家里。四霞下楼来接我，听到她的一句话，我就懊悔不已。我来得太迟了。我对不起先生。这么多年，是我犯了很大的错误。当我看到先生的时候，当四霞告诉她父亲我名字的时候，我真正感到先生的病重了，已经不能言语。我双手握着先生宽厚的手掌，轻轻地抚摸着，像握着父亲的双手一样，结实、温暖。先生手臂上有治疗过程中留下的紫色印痕。目睹着先生熟悉的面容，面容并不憔悴，头发也不怎么花白。我几乎哽咽着说不出一句话。先生睁开眼睛，看着我和几个前来看望他的人，微微点着头，并有所示意，意识似乎是清楚的，我多么希望能听到先生的声音啊！但是，先生很快又合上了眼睛。先生静静地躺在床上，像睡着了一样。我真想喊一声老师，又强忍着，心想，就不要再打扰先生了。

我心情沉重地离开先生，离开先生的家，拿着四霞给我的父亲的书《北坡堂存稿》（方志出版社，2014 年 4 月），我意识模糊了，不知该去向哪里。这天，浮尘罩着天地，吹着风。中午，我和李义坐在人民广场的石椅上，捧着先生的书《北坡堂存稿》，惋惜地说着一些往事，又一字一句地读着书中“杂咏”部分的内容……

5 月 24 日下午，我从朋友那里得知先生走了，永远地走了。

先生的朋友屈文焜先生深情地写了挽联：“山耸北坡千里哭君去如来，泽留海固卅载相知得与失。”屈先生说：“谢谢各位文朋诗友对成福不幸病逝的沉痛哀悼！我们失去了一位好兄弟，西海固失去了一位好编辑，这世界失去了一位好人……”青年作家程耀东说：“一个好老师，一个好亲戚。”

几天来，我处在悲痛、伤感和自责中，通过阅读先生的书《北坡堂存稿》，我才真正了解了先生，也愈加敬重、仰望先生为人为文的品质和人格魅力。先生是我终身学习的榜样。《北坡堂存稿》是先生一生生活、工作、创作的缩影，也是先生以平民自诩的人生观、价值观的完美体现。仔细阅读着《北坡堂存稿》，阅读着先生为人为文的品质，阅读着先生的淡泊和爱心，我才真正明白了平平淡淡才是真的意义。

我以为，《北坡堂存稿》是一部实诚、朴素、厚重，有意义的书；真正为后人留下了一笔宝贵的财富，值得我们学习，值得我们永远珍藏！

三

先生学识渊博、炉火纯青。翻阅《北坡堂存稿》，你就知道先生多么勤奋好学。文、史、哲、古典、社会学等功底深厚，炉火纯青。先生的文章真实、真诚；就是生活、工作；就是文化蕴含；就是做人的道理和境界……人生中，亲情友情最珍贵，这是先生为人为文的真实写照。《北坡堂存稿》由“杂咏”“飞鸿”“酬唱”“稗记”“闲文”五部分组成。“杂咏”“飞鸿”两部分就是写给亲朋好友的诗文和信函。最有文化含量的是“酬唱”和“闲文”两部分，也是该书的重点，但是，先生却把这两部分放到了后面。

对“酬唱”部分的引言是：“酬唱。酬答唱和。领导布置，亲友相托，虽系应命之作，然这类文字，清规戒律甚多，提笔颇费周章。”看看这些字斟句酌、典籍丰富、内容多样、名目繁多的“贺词”“贺联”“赠联”“家史备忘录小序”“祝寿词”“悼词”“书籍序言”“书籍卷首语”等，不可谓不字字珠玑，真是煞费苦心，令人赞叹不已。这些有“清规戒律”的文章不是人人都能为之的。难怪屈文焜先生在《北坡堂存稿》序言中写道：“从这本《北坡堂存稿》可以看出，成福其实堪称‘杂’家。如果我们单纯从狭义的文学角度来评说他，也并不能真正理解他。他有丰富的知识积累和扎实的文学功底，善于运用各种文体写作，可以说古今兼用、信手拈来，传、序、文、记、论、书、赋、说、铭、对联以及散文、诗歌、社火词，等等，无所不能。这样的本事我实在没有，我相信大多数作家也难得具备。”

四

先生谦虚谨慎，虚怀若谷。先生为本科学历。学识渊博，文学功底深厚。但是，先生却说："自小放牛时受村学究熏染，爱听人讲古今，收罗古旧闲书乱读一气，从而种下'手痒'病根。七十年代试笔，杂而不精，公开发表的不多，应景遵命的不少。"读《北坡堂存稿》"酬唱"部分的内容，我才发现以前读过的一些华彩乐章般的贺词等，原来都出自先生之手。

《受命为石市第四次文代会撰贺词》

贺兰六盘两山高　南北雄伟气自豪

文苑宿将并新秀　桃李芬芳各争俏

2001 年 1 月

《受命为〈朔方〉创刊四十周年撰贺词》

煌煌西部，朔方壮美而神奇。

《朔方》是宁夏文学家园。大树参天，小草葳蕤。

西海固文学，深得《朔方》灌溉。谨以六盘山的名义，向《朔方》致敬！

——恭贺《朔方》创刊 40 周年

《六盘山》编辑部

2001 年 9 月 5 日

……

一部 23 万字的《北坡堂存稿》，蕴含着深深的平民情怀，厚重蕴藉，内容丰富，雅俗共赏，能给人以启迪，让人思考、学习生命的意义；但是，先生这样说：“……于是就梳理旧稿，不管曾发表与否，多少有些意思的，都挑出来，大致分了几类，就成现在这个面貌，具体也说不上属于何种性质的文章。其成败得失，不敢妄下断语，留待见到此书的诸君闲览指正。”

五

先生甘于奉献，不求回报。《北坡堂存稿》中，有“飞鸿”一辑，先生安排在第二部分，对“飞鸿”部分的引言是：“当编辑时与文朋诗友书信往还。凡来信辄珍存，竟积有两大纸袋，几次搬家，不忍舍弃。岁月既久，更视为书斋藏品。选录几札，聊表对昔日文朋师友的怀念。”其中有李振声、杨天林、屈文焜、雪潇、靳守恭、南台、梦也、马星、韩聆、刘向忠、李义、闻玉霞十二人的信函。我看到只有先生的同事、朋友李振声、屈文焜的信中有对先生生活、工作方面的关心和关切，其余均为对先生的要求、诉苦等。以下两封信函就能说明：

“韩聆信函”的内容是：

李老师：近好！

麻烦你为我校审书稿，真过意不去。你上次说有我两篇散文留用，望再能寄两篇来。我觉得乡土意识的有篇《女人·窑洞》较偏爱，还有两篇，请你酌选。请求你能使我的“散文小集”刊出，以为我的散文集成印并与读者见面和声相应，就感激不尽了。我回头再给火主席说说，最好第六期刊出。

另有小闻要的两张照片及一张便条，请你转交给她。封面的事也请你多多参谋。你改的书名我觉得就很好。

祝编安

韩聆

1999年9月9日

“刘向忠信函”的内容是：

李老师：

您好！

最近一定很忙吧！

非常感谢您对我的关心和帮助。收到您的信，我受了很大的鼓舞，也增强了自信。

李老师，我现在才觉得我的每一篇习作都写得很仓促，并且缺少什么，也就是准备不足，底子太差。我觉得有很多东西要写，但是没有足够的时间，也没有好一些的环境。现在我仍然在单位一间集吃住为一体的小屋里生活着……

这次寄来两篇习作，还望您斧正。我知道发我的习作，您需要付出更多的劳动和心血。先道一声“谢谢”了！

李老师，您对我的关心我会永远铭记在心。

盼望得到您的教导。

祝您身体健康，工作顺利，生活幸福，万事如意……

此致

敬礼

刘向忠

1999年4月9日

扪心自问，多年来，我对先生没有做到一丝一毫的关心和问候；我想，其他作家也没有做上多少吧。

屈文焜先生说："在西海固作家群里，成福不是很有名气，但那些有名气的作家却大都受过成福的指点。"的确如此，我知道的就有石舒清、郭文斌、火会亮、钟正平、梦也、杨风军、韩聆、李义、程耀东、邹慧萍、李方、单永珍、李敏、刘天文……

先生在《意义·意味·空白》（《西海固文学丛书·散文卷》编后记）中写道："……我们办着一份小小的地区级文学刊物，版面有限，而那么多的本地青年都做着文学梦，成熟与幼稚的稿件每天雪片似的飞来，令我们几位编辑应接不暇。红尘纷纭，世上都是不如意之人。在西海固，生存与温饱是首先要解决的人生课题，而那么多的人却在生存困境中向往文学净土，这就令我们感慨而又感动。安排刊物版面时，在留空白与多发稿件以示支持鼓励之间，我们选择了后者……"在一篇文章中，先生写道："……我教书，我当编辑，以自己的努力促进他人走上正道，不断进步。我常常向青年习作者开玩笑说，老李这副宽厚的肩膀就是你的奠基石，帮你攀登新的高峰……"先生是这样说的，也是这样做的。

六

先生乐于感激，知恩图报。《北坡堂存稿》中，有感时歌颂“十六大”新当选的总书记、共和国总理、政治局常委们等的128行长诗《共和国在行动——有感于十六大以后对社会困难群体的关注》，“……总书记在西柏坡驻足 / 顿觉接力棒力重千钧 / 眼前，翻卷着历史的画卷 / 耳畔，回响着伟人的声音……// 总理在万水千山巡行 / 两道剑眉微蹙 / 恰似当年周公……有时候，我突发奇想 / 十三亿啊，这个数字，不容许任何人掉以轻心 / 十三亿人的衣食住行……”也有以为自己的母亲办理养老保险金的一波三折为题材，赞颂惠民政策养老保险制度的文章《养老保险诞生记》。“……现在，母亲享受着国家的恩惠，这是强盛的综合国力、优越的社会制度在一位耄耋老人身上的切实体现。她的心情很愉快，这正是我们所期盼的……”还有自己人生中的两位恩人：慕岳、屈文焜，用先生的话说：“……有两位起了灯塔作用的老师，我将铭记终生。”“……一个人在成长的道路上遇上这般贴心知己的好老师，真是大幸！在老师的影响、熏陶、帮助下，我形成了较好的语感，对文字比较敏感，喜欢玩味琢磨辞章，为我后来当语文老师、当文学期刊编辑奠定了‘童子功’，且至今受益。深蒙沾溉，不望师恩。”“经他（屈文焜）耳提面命，我学会了如何编辑书刊。他还力促我在固原安家，也由此改变了我全家的生活境遇……此书初成，文焜老师拨冗披阅全部书稿并赐序，多有褒励。文焜，我终生的良师益友！”（以上引自《一些旧事 几句闲言》——《北坡堂存稿》跋语）。这些都是发自肺腑的，自然而然的。先生用自己的工作业绩和堂堂正正做人的品行回报与自己有恩情的人。

七

先生善良博爱，有普世情怀。“我老有所靠，家事和顺，无非分之念，有向善之心”(《我相信报应》)。《北坡堂存稿》中，有篇《一杯茶·一封信·一个村庄》。先生回老家过春节时，一次家宴后，为老人和弟弟们斟了一杯清茶，茶是特级茉莉，虽算不上高档，但香气很浓，泡在家乡的苦咸水里，味道变了样。由此事引起，几位老人让先生关心一下全村的命运。“一介寒儒，要改变一个村庄的生存状态，谈何容易。春节过后我返回固原，家里几位老人殷殷期盼让我夜不能寐……”几经考虑，先生给当时的中卫市市长徐力群写了一封信，因此改变了一个村庄千百年来的命运。“世世代代居住在大山深处喝苦咸水的父老乡亲终于移民黄河之滨喝上了甘甜的自来水。”（屈文焜先生语）试想，如果没有爱心，没有体察民众的疾苦，没有普世的情怀，一个衣食无忧的退休老人，能想起来给市长写信吗？能为自己找麻烦吗？这样的人现在有多少呢？“……既然大家都凑文化的热闹，我也设想不妨创立一门民间验方文化，普济苍生，该不会是多余的吧。”（《民间验方》）“……我甚至向往着，先从我的家庭做起，形成感召力，进而在全庄推行，发动全庄在外工作的人成立一个全庄的基金会，扶危济困，修桥补路，让庄里所有的娃娃都能完成九年义务教育，这未尝不是一件明间功德？……”（《我的民间“行为”》）先生的“家庭基金会”搞得有条不紊，受到邻里及老同学的赞誉和效仿。

八

先生嫉恶在心，身体力行。《北坡堂存稿》中，先生写自己童年的一个伙伴，从小就刁钻刻薄，坏主意不少；“……这位伙伴长大后，恶劣有加，偷盗拐骗，成为乡里一害。大人训斥，常说可别学谁谁的样子。妻子被他气病以致早亡，孩子四处流浪，因生活无着而犯罪入狱。他本人现在得了偏瘫症，艰难地度着余生，真可谓家破人亡啊！”联系到现实生活和社会实际，先生有感而发：“我常常思考这个人的命运。这是不是报应呢？再看那些恶欲膨胀、贪赃枉法的人，到头来谁有好下场呢？有了这样的思考，我就有了人生的信条。我以百姓心态对待生活，从事工作……都说法网恢恢，而我宁愿说成天网恢恢。不信，你做恶事看看。我常常惕然自省：多行善勿作恶。”常言道：“勿以善小而不为，勿以恶小而为之。”我们应该铭记在心。

九

先生工作勤勤恳恳、兢兢业业。先生生于1950年8月，出身农村。而这个时期正是我国的困难时期。先生曾在山村中学（宁夏海原县杨明中学）教书育人18载（1973—1991年）。就是县上把先生调到了县志办，先生还是依然回到了自己热爱的教书育人岗位。真是花朵灼灼开，桃李满天下。仅在海原县事业有成的学生有：贾松柏、安思奇、冯进寿、杨枝葳、高霞、杨爱宏、张立恒、罗满仓、南武真、郭建勇等，先生为他们都赠有诗词，兹择录二首："《赠杨枝葳 高霞伉俪》：枝叶葳蕤霞光灿，珠联璧合天地缘。苦熬难忘马场村，养育犹记庄子湾。冷板床上梦难成，沙石河里步蹒跚。相逢欲说当年事，舍下素餐奉搅团。""《赠杨爱宏》：天庭睿智放祥光，依稀当年列宁样。私意曾许承吾志，阴差阳错空惆怅 。"（见《北坡堂存稿》第一部分"杂咏"）而且每首诗后都有详细的说明。

调到固原文联《六盘山》编辑部，先生全心全意扑到工作上，12年奉献，12年辛劳（1991—2003年），呕心沥血，不曾言苦。选入《北坡堂存稿》中的《只有相思无尽处——纪念固原文联成立三十周年》一文近万字，情真意切。先生满怀深情、无限爱恋地叙写了自己在文联12年的奋斗、奉献历程以及对更年轻的同事的谆谆教导和循循善诱，还有对文联人才的培养、"文联机关行政（包括工勤）人员走行政职级道路，专业人员走技术职称道路……”（提高文联工作人员待遇）的建议。读来真是让人敬佩先生的敬业精神、工作热情和拳拳之心。尤其是对年轻同事的关心和关爱，你不得不感叹唏嘘，当今社会，如先生般敬业奉献者，真是少之又少啊！

十

先生清淡如水，清香长存。先生一直以草民、平民自谦，也身体力行，贯穿于自己的一生。“草民生命。草木清香。”这也铸就了先生草木一样正直、善良、友爱、淡泊、清香的情怀、胸襟和境界。先生编辑《六盘山》散文栏目期间，选发的稿件几乎都是民间的、贴近生活的、贴近心灵的内容。先生曾说：“……一份刊物从整体上说，反映着主编的见识气质，而其中的某一个栏目，却反映着责任编辑的审美取向。时下报业繁荣，瞬间感悟，杯水微波，是报纸副刊的垂顾对象，一份文学刊物的散文作品，不该与报纸‘快餐’趋同。太玄的，说教味太浓的，救世姿态过分扎眼的，也难入在下‘法眼’。喜欢真情实感，喜欢蕴藉有余味，喜欢民间生活……文学是平民的事业……读散文也需要一种心境，平民的心境。”《平民稗史》栏目刊出的内容，也是先生平民意识、平民思想、平民情怀的体现。开栏语为：“滚滚长江东逝水，历史前进的河流亦是如此，之于社会发展而言，个人的一生只不过是沧海一粟，微如稗草，称为稗史……”

十一

“小院栽梅一两行，画空疏影满衣裳。冰华化雪月添白，一日东风一日香。”（《题梅花》清·汪士慎）“我家洗砚池边树，朵朵花开淡墨痕。不要人夸好颜色，只留清气满乾坤。”（《墨梅》元·王冕）先生的《北坡堂存稿》封面清新淡雅。印着先生的老屋“北坡堂”。封面、封底各有一枝“盛开”的梅花。我想，这也许是先生思想境界的寓意吧。

读书偶拾

一

“两句三年得，一吟双泪流。”袁鹰的散文《灯下白头人》（发表于《散文》杂志）看似平淡、朴实、娓娓而谈，实则蕴含着作者历经几十年风霜雨雪、酸甜苦辣，为人为文之道的心血和“难得清醒”的高境界的不懈追求。让人震撼，令人沉思，发人深省。这篇沉甸甸的散文对每个人，特别是我们青年一代谆谆教导，值得刻骨铭心。

一个人的一生只有不断地“蜕壳”，他才能真正成为“一个高尚的人，一个脱离了低级趣味的人，一个有益于人民的人”。的确，做不好一个人，还能做好什么？做不好一个人是人生中最大的不幸、悲哀和耻辱。

“白头老人灯下怀旧反思，如春蚕吐丝，化为锦绣，给人启迪、智慧和美感。”这是呕心沥血的肺腑之言，也是“春蚕到死丝方尽，蜡炬成灰泪始干”的高贵人格和奉献精神的真实写照……

二

黎晗的《夜里戴草帽的人们》《草腥味》(发表于《十月》杂志)被冠以新千字文,我觉得很贴切,也很有特色。这样的文章不仅能让人耳目一新,怦然心动,也能警醒人们关注底层,关注民众的疾苦;也能让人体味人与自然不能分离的微妙、美好的关系。

《夜里戴草帽的人们》,也许我们眼中有,但心中无;也许我们心中有,但笔下无……

《夜里戴草帽的人们》,饱含深情,不无忧患地道出了底层民众的一种生存状态,也道出了一种生活的艰辛和不易。

"这个人可能是你那四处打听女儿音讯的可怜的母亲……这个人可能是我那十三年前为我寻找出路的可怜的父亲……这个人更可能是我们大家的一个面孔模糊的远房表亲……"读着这样的句子,我们怎能不热泪盈眶?我们怎能视而不见?我们怎能麻木不仁?

《草腥味》是大自然中常见、清新、幽微的美味。能津津有味地品尝到草腥味,也就知道大自然与人类细微、美妙的关系,也就知道大自然给予人类的恩赐、润泽和净化……我一次又一次被"草腥味"陶醉着、感动着、愉悦着……我也因此明白大自然多么神秘、多么富有魅力;大自然中的生命是那样鲜活、生动、美丽。我更坚信人类离不开大自然。我们要像善待自己一样善待大自然和大自然中的生命……

三

李汉荣的散文《一碗清水》（转载于《读者》杂志）映照出了一个世界；也映照出了外婆在混乱、浑浊的日子里干净的精神和不屈的尊严。

“一碗清水”让我们清凉，让我们清爽，让我们清洁。“一碗清水”更让我们清冷、清寒和清晰。

在那“史无前例”的年月里，多少人迷失了自己、丢失了良心、泯灭了良知……特别是一些非常年轻的人，分辨不清“清水”为何物，不知道它的亮度、深度和力度……也无视和我们生命息息相关的“清水”的清亮、清澈和清净，却被一些与“清水”相反的肮脏的东西冲昏了头脑，怂恿了手脚，竟然为所欲为……

现在，我们同样应该在“一碗清水”里照照自己的面容，照照自己的身影，照照自己的灵魂，来看一看我们自己与“一碗清水”的清，与“一碗清水”的亮，与“一碗清水”的净之间的距离有多么远……

感谢李汉荣先生用诗意和哲理的语言把“一碗清水”捧放在我们面前。

四

好的文章总能让你读过一遍后，还想读第二遍，读第三遍……

好的文章之所以耐人寻味，令人回味无穷，在于他（她）以个体的审美生命体验，来表达人类共有的东西，即所谓“终极关怀”。

李汉荣的《少年的松林》和《那条河流》(发表于《散文》杂志)不动声色地用诗意的语言再现了绿色的大自然中生命的丰富、纯洁和魅力。而这些永远润泽和净化人类心灵的“美好”和“天籁”正在一天一天被污染，也正在一天一天地退化和消失……几篇精短散文，所揭示的是与人类命运息息相关的“环境保护”这个大主题。

“在纯洁面前，我的心守住了纯洁。”“再锋利的斧头，也无法砍伐我内心里的那片松林……”多么难能可贵，又令人敬畏感动。“我们不愿成为干鱼，但我们可能要把自己折腾成干鱼。”“我们内心的河流、河床不再是碧波倒影，而是注满了污水，堆满了垃圾。”

不清洗掉每个人心中的“污染”，“污染”永远不会消失……不清除掉每个人心中的“垃圾”，“垃圾”永远也不会减少……“天变蓝，地变绿，人要变得更美更智慧。”这应当是每个人的行动和理想。

五

读到林染的散文《戴铃铛的罗布麻（外八章）》（发表于《朔方》杂志），我忍不住写下这样一段话。

作者一直向西，感受颇深地对“发现”一词做了独特而精彩的论述：“发现是风暴对海水的吹拂，是 X 光对人体的透视，是根须在地层中的行走，是火焰和药剂对矿石的冶炼，是意境抓住字眼和词汇，强制它们在稿纸上无限生机地组合、排队。发现是思想、行动、才华和能力对时空对社会的开掘和进入。”

这组文章的每一章节里都有让人清明亮丽、心旷神怡、回味无穷的“发现”。林染本是诗人，因此，这组文章里总闪现着诗意的“花朵”，灿烂芬芳；这组文章里总有哲理的“果实”挂在枝头，摘来品尝，甘之如饴，启人心智，使人豁然开朗，精神振奋，并给以人美的体验和感受……

读了这组文章，我才真正明白，在我执着的追求中，还缺少什么，在我平凡的生命中，真正需要什么……

相信更多的无论是“正要投入社会生活的青年”，还是已经投入社会生活多年的青年，读到林染的散文《戴铃铛的罗布麻》等文章，总会有所思，总会有所悟，总会有所获……

六

诗人叶延宾说：“文学创作的一个特点，就是要用表达的惊奇，叫人们克服阅读的疲倦……”“惊奇不是奇怪，而是从来没有过。”

李汉荣的这组散文《对身体的感受和理解》（发表于《散文》杂志），真的能让人眼前一亮，并受到震撼和启迪。当读到这组文章的时候，我掩饰不住自己的喜悦，写下肤浅的感受，向更多的朋友推荐。

是的，作者表达的内容都是新的，他用凝练而富有哲理的语言，激情饱满、浑然天成的叙述方式，告诉我们“身体”的诸多内涵和外延，也是关于生命的终极意义和价值的追问。

“人是一种树，人是会思想的树。”如果没有思想的绿荫和果实，一个人的存在还不如一棵树的存在更有意义。“我从挂满品牌的身体的缝隙寻找不曾贴上商标的灵魂和感情，哪怕是一瞥纯真的目光。”“被商品包围的人们，千万不要让你的心和灵魂也变成商品。诚然，哲人用他瘦弱的身躯和闪光的思想拯救着人类。你的伤口愈深，你对生命的理解程度也愈深。只要我们的身体流动起来，我们的生命也就流动起来，而且永远不会断流……”

当下，还有多少人扪心自问：“牛奶下肚，将转化为什么？”还有多少人能铭记“牛奶下肚，最终应该转化为‘高尚的思想和纯洁的情感’。”当下，还有多少人追寻生命的意义？还有多少人能坦然地说：“死亡并不是最后的归宿，我消失，消失的是有限的形体，我获得了无限的可能，我有无数次再生的机会……”

结缘《鹿鸣》杂志

知道内蒙古自治区包头市文联办着一份文学刊物《鹿鸣》，是 2004 年吧，我从当地的文学刊物《六盘山》（宁夏固原市文联主办）杂志上看到：由青海的《雪莲》，甘肃的《阳关》，内蒙古的《鹿鸣》，宁夏的《六盘山》四家刊物共同实施了一个“西部作家作品联动”的措施。2004 年第一期《六盘山》卷首《手记》的内容是这样写的：“……由本刊（《六盘山》）策划的‘西部作家作品联动’终于与读者见面了。这是一次关于‘西部文学’的真诚对话，四地作家、诗人的作品使我们感受到‘西部文学’存在的强大生命力……这就是让我们的作家走出去，让外地作家走进来，形成一个参照系，这样，大家成长起来可能会更快一些……”这样共同的眼光和有力的文字现在读起来也让人心潮澎湃，心存感激。

但是，一直打工的我与《鹿鸣》杂志擦肩而过。因为孤陋寡闻，也不了解这份刊物的情况。

真正与《鹿鸣》杂志发生关系是在 2012 年，我的朋友程耀东给了我一个QQ邮箱，让我投稿，并说这个邮箱的主人是马端刚老师，还特意说马老师知道我，这真让我有点受宠若惊。记得以前也曾在《六盘山》杂志上读到过内蒙古马端刚、王存喜等老师的文章。可能是当时我记错了这个QQ号码。而2013年《鹿鸣》杂志就已经改版为大型主题性文学杂志，即“立志打造北中国最具影响力的主题性文学杂志”。直到2013年上半年，我才发现我记下的QQ号码少了一位数字。于是，我又问了程耀东，确定无误后投去了一篇短文。这期间，我在网上欣喜地看到了《鹿鸣》杂志的官方博客，于是申请加为好友，《鹿鸣》杂志很快就同意了我的申请。

接下来，我在《鹿鸣》杂志博客上浏览到了2013年1—12期的主题：“年味”“农民工”“手艺、营生”“平房生活”“高考”“留守”“校园纪事”“河流”“土豆”“钢铁”“酒吧”“古镇遗址老街”。从这些民间立场、大众情怀、现实生活、底层经验、主题鲜明的多个主题中，我感受到了《鹿鸣》杂志社同仁独有的办刊立场和紧贴地面的胸怀。2013年下半年，我从博客中看到《鹿鸣》杂志又组织召开有关专家、学者、编辑座谈会，共同商讨《鹿鸣》杂志进一步改版事宜。大步“行进在文化创新的路上”。因为此前的改版已经取得成功，得到了专家、学者、读者、作者的认可和赞誉。杂志社同仁谋求刊物更进一步贴近生活、贴近大众。9月份，我看到了9期的目录，我的那篇小文忝列其中，颇感欣慰。两个月之后，我收到了《鹿鸣》杂志社邮寄来的样刊。怀着喜悦的心情，我轻轻开启信封，一本装帧新颖、图文并茂的杂志出现在我的面前。封面“鹿鸣”二字由茅盾先生所题。封面赫然印着一位憨厚、朴实、强壮的农民，双手作提着一只装满土豆的大编织袋的有力姿态。封面也印着“本期主题：土豆”和“立志打造中国北部最具影响力的主体性文学杂志”。而一本纯文学杂志郑重其事地将一位农民形象大幅印在封面上，这恐怕是少有的吧。

认真阅读了这期刊物后，我便从心底里喜欢上了这份刊物。这一期以广袤的中国大地上的农作物“土豆”为主题，土豆几乎是人人都离不开的营养丰富的食物。作者都是普普通通的人。文中大幅的彩色摄影插图都是肥沃的土地，土地上有朴实的农民，土地上茂盛的土豆枝叶，白花花、朴素、美丽的土豆花，收获的沉甸甸的土豆……文章都是朴实无华，意蕴丰厚，贴近地面，贴近生活，贴近心灵的。看着一篇篇泥土一样温暖和温馨的题目，你就会有所欣喜和感动：《滚动的土豆》《土豆颂词》《搬家的土豆》《仰视土豆》《幸福的土豆》《亲爱的土豆》《我的父亲，我的土豆》《土豆开花》《土豆，温暖或忧伤》……每个栏目前面又有编辑杨挺写的诗情画意、意味深长的点睛式的妙笔生花的文字。

本期杂志的最后一页，印着“二零一三年第九期《鹿鸣》作者名录”和“你们的文字，让我们看到了思想的光芒”的文字。这也是这份杂志的一大特色。

不久，我在《鹿鸣》博客中看到我的名字被列入作者行列，与各路有名的和未知名的作者一起出现在读者面前，第一次被一份刊物显而易见地列为作者，心中的感动和记忆将是永远的。

2013年8月，《鹿鸣》杂志又以海纳百川的胸怀在博客中广泛征集2014年1—12期的主题。让广大读者参与进来，献言献策，集思广益。这样持续尊重、信任、关注读者的举措，读者、作者朋友能不敬佩和感动吗？能不感叹和感激吗？能不欣喜和支持吗？

不久之后，2014年主题已经定稿，还有每期主题的关键词，都公之于众。请看看这十二个能深入你心灵的主题吧："回家""社火""梦""故乡""生计""毕业季""长城""小吃""在路上""网事""戏""酒"。

是的，我庆幸结缘《鹿鸣》这份杂志！我更敬佩以大众情怀，底层经验，现实生活为主要内容的《鹿鸣》杂志！因为我就是最底层的打工者。今后，我会与这份杂志相随相伴！

《人民文学》的说法是："人民大地，文学无疆。"我想说："《鹿鸣》天下，大众情怀！"

祝福《鹿鸣》杂志社的同仁，吉祥如意！

祝福《鹿鸣》杂志，春华秋实，硕果盈枝！

第三辑

天籁

白雪覆盖的大地

早晨起床，拉开窗帘，眼前倏然一亮，心里一阵惊喜，一场好大的雪已悄悄地覆盖了一切。雪停了，天晴了，天色微明。去看雪，去看雪的世界，这是我生命中的必需。我穿上大衣，轻轻锁上铁门，走向街道，走进雪白的世界。街上行人很少，也很寂静，但是很多散乱的脚印把落满雪的街道踩出了一幅韵味深长的图画。走在雪地上，心里泛起丝丝的美妙和快感。很多印有脚印的白雪仍然很干净。我尽量放慢脚步，迎着寒风，轻轻踩着雪的韵律，穿过一条街，又走向另条一街，然后走过一座桥，去登雪中的北象山。雪后的空气清爽，风寒冷且干硬。散步的人很少，我遇到了一对老年夫妇和一对青年人，他们在白雪的天地中享受着难得的宁静、喜悦和情趣，能在雪地上散步的人是多么幸福的人啊！

走进象山公园时，我看到一位妇女正在清扫小径上的积雪，她扫得从容、认真。眼前这座高大的北象山已被白雪装扮一新，显得丰富饱满，千姿百态。枯草上积着雪，树枝上也积着雪，似花、似诗、似雾、似梦幻。顺着石台阶，我走走停停，停停走走，观赏雪景，享受雪野的盛宴，细细品尝，觉得自己是在另一个世界。山上非常寂静。遍地枯草和一棵棵简单的树与无处不在的白雪，共同营造出了一幅无与伦比的美景。置身这样的景致中，你会变得空灵、宁静、通体透亮。

我的目光又被一棵树吸引住了。这棵树的枝条上竟然挂着干枯的叶片，不是一片两片，而是很多片。我惊叹这些树叶为什么没有被强劲的秋风和寒冷的冬风吹落。我定睛细看，原来很像树叶的东西并不是树叶，而是这种树的果实。我微抖着双手剥开一枚果实，看到了一粒坚硬的果核。抬头再看，在我的周围，看到了许多挂有果实的树。这是在天寒地冻中不落的果实啊！

“啁啾、啁啾。”声声鸟语梦一样掠过我的耳际，我猛然回头，以为是幻觉。当我仔细聆听时，发现就在我的不远处，又响起了“啁啾、啁啾”的声音，这让我激动又感叹。在这冰天雪地的山塬上，竟然童话般地生活着鸟儿。在登山的过程中，我又听到几声清脆的鸟音，确信不是一只，而是几只。“鸟鸣山更幽。”这天籁一样的声音把白雪覆盖的山野升华得更具魅力和美感。站在半山腰的一个亭子旁，我开始眺望山下的一切，无论是小城里众多的楼房、街道，小城周围的村庄，还是更远处的田野、山峦，都被白雪覆盖着。街道上小小的人影也开始多起来。目光所及之处，雪中的一切都变了一个模样，显得明亮、干净、层次分明。我感到白雪覆盖的大地隐隐透出一种神秘的气息，世界显得空阔、辽远、超然，心灵显得湿润、甜蜜。

东边的天空终于有了淡淡的彩云，也更明亮了。我便目不转睛地看着雪后日出的景象。先是无数的光芒投射开来，接着慢慢露出了太阳的半边脸，光线虽然弱，但白雪覆盖的大地瞬间光彩照人，到处闪烁着晶莹的光点，仿佛阳光散落了一地的碎银，你即使欣赏，也会使你眼花缭乱、目不暇接。当整个太阳露出山头，洒下万道光芒时，东边的彩云不见了，化成丝丝淡淡的云。雪中的世界更加明亮、耀眼、迷人。

白雪覆盖的大地，大地感激上苍的恩赐。

白雪覆盖的心灵，心灵润泽圣洁的雪意。

桃花烂漫北象山

绵延横亘在这座小城近旁的北象山仿佛一道长长的天然屏障，那一定是造物主鬼斧神工造化在天地间的，从古至今成为这座小城特有的景观。

随着弘法寺和象山园的建成，人们终于有了散步休憩、游园观景、登山赏花的好去处。

每年春天，北象山上桃花开得热烈烂漫、花团锦簇、如火如荼，灿若云霞，白似雾雪。漫山遍野的桃花成为北象山上亮丽、绚烂、优美、引人入胜的风景。春风是催生者，也是唤醒者，春风更是天地万物艺术变换的丹青妙手。这不，在春风的吹拂和呼唤下，小草悄悄地发芽、生长，返青的小麦苗也睁开了惺忪的眼睛，好奇且惊喜地打量着外面的世界；还没有长出树叶的各种树的躯干和枝条正在发生着微妙的变化，富有生机。当小草和麦苗的新绿在天地间远远绿着的时候，最为奇妙的是，桃树枝条上已不为人知地生长出了花蕾，过不了几日，又会绽开不计其数好看的花朵。

在北象山上，好像飘着一团一团的彩雾，又好像落着一片一片的白雪，有颜色返青的油松点缀其间。无论是在阳光下，还是在微风中，如雾似雪如云似霞如诗似画如梦似幻的风景发光发亮，你怎能不前去探个究竟?

如云似霞的景色越来越清晰，越来越明亮。宛若美妙的云霞落满了山坡，你一定会加紧前行的脚步，终于走进了桃花的海洋中，满眼的花朵仿佛一只只展翅的蝴蝶，落满了树的枝条。许许多多看桃花的人喜悦地穿行于树林中，欢声笑语伴着声声盈耳的鸟语在桃花包围的世界中飘荡。真是云在天上飘，风从耳边过，人在花中游。好一幅桃花烂漫、游人如织的春景图。

看到有小孩和大人手里拿着开花的树枝，儿子嚷着让我给他折一枝。我微笑着说："花是不能折的，折了就没有天天看的花了，你要听话。"儿子说："别的小孩手里拿的不是折来的桃花吗？"我说："那是他们不听话，折来的桃花很快就蔫了，也不好看了……"儿子不情愿地说："你看，大人手里也拿着桃花，他们也不听话吗？"我不知道该怎样说服儿子，他还是不断嚷着让我给他折一枝桃花。握着儿子小小的手，我边走边饶有兴致地欣赏着绚烂的桃花，终于下定决心说："如果你要折桃花，那你就一个人走回家……"儿子眼睛里闪出了泪花，便不再坚持折桃花了。

阳光明媚。北象山上桃花烂漫，鸟语悦耳，人流不断。

山下象山园里扇子队、舞剑队的队员身着色彩明亮的衣服，生龙活虎、铿锵有声。吸引了不少游人驻足观望。伴随着动人心弦的乐曲，耍扇子的男女老少个个手持两把彩扇，踏着有节奏的步伐，随着扇子开合的有力声响，他们充满生机和活力的身姿在春天的早晨尽情地舒展着、摆动着……舞剑队的队员则每人右手握一把闪闪发光的长剑，美丽的剑穗飘荡在空中，随着踏出的整齐的步子和左手的走向，他们专注地跳着优美的舞蹈，精彩地表演着……

桃花烂漫北象山。桃花惹得游人醉。

暖暖的阳光和阵阵清风送来欢声笑语，送来花香，送来鸟鸣，送来音乐，送来扇影剑光，多么魅力无穷的春天的早晨啊！

我爱桃花烂漫的北象山！我也爱繁花似锦、新绿诱人的春天！

北象山抒怀

仅仅因为要离开我生活多年的小城，坐在班车上，目睹阴沉、灰暗的天气和一阵又一阵冷风卷起的沙尘和雪粒，我的心情变得很复杂，也格外沉重。我想，如果要真正离开，这座小城里真的没有多少我留恋和不舍的东西，相反地，一座山——北象山，特别强烈地占据着我的心灵，牵动着我的神经，北象山上的花草树木鸟啼蜂鸣蝶舞，北象山下的土地，土地上的各种庄稼已深深地烙印在我的灵魂深处，令我魂牵梦萦，依依不舍。如果说有什么不能割舍，除了妻儿，那就是北象山和北象山下的田野，以及田野里的庄稼……

多年来，北象山成为我游牧心灵，散步休憩，凝望呼吸，沉思默想的理想去处。北象山上留下了我的身影和不计其数的脚步，守望和遐想，留下了我与大自然愉悦默契的印痕，心旷神怡的纪录……

无论哪个季节，我都会迫不及待地走向大自然，走上北象山，这似乎已成为我生命中的一种状态。如果几天不出去走走，不出去看看，不到北象山上坐坐，我会觉得心里像丢失了什么，有些空落、有些沉闷、有些焦急……多年来，北象山就像一位老朋友，伸着手，带着微笑，随时欢迎我的到来。只要走向大自然，只要在北象山上坐一坐，生活中的劳累就会减轻许多，身上的疲惫就会减少许多，心中的苦恼就会少了许多……从大自然中归来，从北象山上归来，我会觉得轻松许多，舒适许多，感动许多，爱恋许多……多年来，在北象山上，我惊喜莫名，灵魂战栗，无比地感受着四季变化的色彩和魅力、生机和活力、秘密和故事……

冬天渐渐走远。春天的北象山上，桃花开得漫山遍野、如云若梦。在寒冷和寂寞中熬了几个月的我，心早已怦怦直跳，血液咕咕奔涌，此时喜形于色，心花怒放，急不可待。大自然中阳光明媚，春风拂面，花香扑鼻，花影诱人。我无数次地醉心于花前树下，流连忘返。返青的冬小麦苗嫩绿可爱，充满生机。柔和的阳光散发着动人的光芒，还有遥看近却无的草色，一道装扮着大地、田野、山峰……

当天气越来越暖和，绿色如风如潮一样弥漫天地间的时候，夏天的北象山也披上了绿色的衣裳，显得年轻、妩媚、迷人。太阳一天比一天强烈。田野里一望无际的小麦碧绿、茁壮、喜人。在风中，一浪一浪地波动着，真像绿色的海洋，让人心旌荡漾。抚摸着新绿的叶片，注视着绿油油的麦田，内心一次又一次地掀起波涛。在绿绿的凉凉的树荫下坐一会儿，确实是一件惬意、舒畅、痛快的事情。如果夏天下一些雨，那绿亮、清爽、生动的绿色世界便是一个人间天堂。

在匆忙和劳累中，火热的空气带来了麦熟的味道，当镰刀挥汗如雨地把一个夏天割倒，把一茬成熟收获，田野里尽是好看的麦垛。不久，打麦场上便布满沉甸甸的麦垛，当麦秸、麦衣、麦粒在热浪滚滚中分离开来的时候，那带着泥土气息和浸润了阳光雨露的麦粒闪烁着逼人的光泽。经历了辛苦和担忧的农人享受收获的喜悦和甜美的时候，秋天来了，天气一日比一日凉下来，北象山上的红叶在天地间燃烧着，到处是灼人的火焰。秋天又是我与北象山会晤、交谈、相恋的季节，因为北象山的秋很美丽，哪一幅都如诗如画。绿是处子般的绿，盈盈入怀；黄是金色的黄，大珠小珠般飘落；红是火样的红，有燃烧的声音；蓝是洗晴的蓝，离纯净很远的你走不近……

只有枝干的树和枯草的图画出现时，已是冬天了。冬天的北象山又是另一番景致，一切都显得平静了许多，安宁了许多。这时的静谧才是真正的静谧，平淡才是真正的平淡，空旷才是真正的空旷，寒冷才是真正的寒冷。整个北象山清瘦了不少，灰暗了不少。但是我依旧一次又一次地去山上漫步，和冬天的北象山倾诉心语，互道心声……我看到山上和更远处的天更加湛蓝、清澈、明亮。田野里有淡淡绿意的冬小麦依然生长着，分外醒目和诱人，还有一些惊人的事情也在寒风中悄悄地孕育着……

北象山，离我最近的山，走进我生命中的山。

北象山，给我思想和智慧的山，守望和休憩的山。

一个人的北象山，真好。

生命的序曲

一到冬天，草枯叶败，万物凋零，大自然呈现出萧条冷清、荒凉寂寞的景象。好多动物都有冬眠的习性。动物也大多是怕寒冷的，比如人，无论怎样穿着，怎样包裹，但只要在户外，在冰天雪地中，在刺骨的寒风中，还是忍不住要打寒噤，忍不住浑身发抖。但有些植物似乎是不怕寒冷的，比如树，各种各样的树，它们并非像我们想象得那样，也在冬眠，而是在凛冽的寒风中，正在缓慢地、强劲地孕育着花苞和叶芽，不信，你到冬天的旷野中走走，并仔细地观察一下，就会看到一些惊人的秘密。我被自己的这个小小发现震惊了、感动了，似乎更深地明白了一些什么。

天气很冷的时候，我中断了田野之行。天气稍转好的时候，我又开始走向大自然，看深蓝且高远的天空，看冬天里光秃秃的山峰，看空旷宁静的原野，看冬天仍存身的枯草，看一动不动的树木，看冬小麦的情形……原来，在看似平静且停止了生长的冬天，也有许许多多值得我们感受、体验、思量和感动的事物。一个天气晴朗的下午，有风呼呼地吹着，不太寒冷。当我来到经常去的北象山上，停步在一棵野山桃树面前时，我看到青褐色的枝条上有很多拱起的形似麦粒大小的东西，也是青褐色。我情不自禁地摘下一粒，小心地用指甲剥开外面一层稍坚硬的皮。我惊讶地看到里面是嫩黄嫩黄的花蕊，我的眼前蓦然一亮，我的手有些颤抖，心也开始怦怦直跳。这是花苞！我在心里大声说，为了看仔细，为了让我的心再颤抖一次，我又摘下一粒，剥开外面的一层皮，看到里面依然是小小的、嫩黄嫩黄的花蕊，湿润且晶莹。

被冬天里的花苞震动、沉思之后，继续往前走，我又看到一棵白杨树的枝条上同样有很多拱起的比麦粒细且长的东西。当我摘下一粒仍小心地剥开外面的皮，还是惊奇地看到了嫩绿嫩绿的小小的叶芽，而且还有黏液。这是叶苞，这是叶苞，我又在心里喊道。

看来，从冬天开始，许多树就开始孕育花朵和叶子。在不知不觉中，大自然正在进行着一场“静悄悄的响雷”。在风雪中，在天寒地冻中，那种坚韧的生命的力量和努力始终没有停止。我想到小草的根，冬小麦的根都在地下极其缓慢地孕育着，默默地生长着，这是在严冬的环境里存活着啊！比起人来，很多植物的生存能力真让人敬佩和感叹，更多的时候，我们只欣赏到春天花朵的鲜艳芬芳、灿烂诱人；夏天叶子的碧绿鲜嫩、愉悦身心；秋天果实的丰硕馨香、甘之如饴；却忽视了在这如诗如画的美景之前，有一个漫长寒冷的冬季，这些美丽生命的序曲就开始了弹拨和演奏……

生命的成果让人心仪、追求和仰慕，生命的序曲更令人敬畏、感动和吟诵。

树叶落尽

在冬天，在大自然中，也许你会说，除了寒冷，还有什么让人驻足和感动的风景？是的，除了寒冷，除了偶尔飘落到人间的白雪，还有树，落尽了叶子的树，成为自然界中大智若愚、意味深长的风景。

这是一个冬天的下午，天气晴朗，空中飘着云朵。不时有冷风吹过，冬天的阳光照耀着大地，照耀着山坡。我在大地上行走着，我是愿意在大地上行走的人，不管天晴天阴，天冷天热，我都会走下去，不厌其烦地走下去……

冬天的阳光真是难得。在一座大山上，无数落尽了叶子的树静静地沐浴着不太寒冷的阳光。千树万树的躯干、枝条呈现着千姿百态的曲线和美感。遍地干枯的野草并没有枯死、凋落，依旧生存着。我在落尽了叶子的树的世界里行走着，我的目光在这或粗或细或横或竖或曲或直或向上或向下的枝条上跳跃着、发亮着、留恋着……这不是我初次观赏和在意落尽了叶子的树，这也不是初次拨动和震撼我心灵的落尽了叶子的树。但是，当我一次又一次面对落尽了叶子的树的时候，我都会长久地陷入一种感动、悲壮、苍凉和惆怅的情绪中……

树叶落尽。树以一种大智若愚的姿态不动声色地站在大地上，仿佛脱去了绿色的黄色的红色的衣裳，展现着身体的线条美。又像删繁就简的哲人，舍弃了欲望，舍弃了虚荣，舍弃了繁华，向大地、天空和人类无声地倾诉着一个永恒的哲理……

想想看，就是这些落尽了叶子的树，春天为人们带来生机和新绿，夏天为人们带来绿叶和花朵，秋天为人们带来五彩缤纷的画卷和累累硕果，冬天为人们带来简单的美和特别的风景。是的，树的作用不仅仅是这些。还有鲜为人知的更大的用途。据报载：我国每年有40万人死于污染，其中有30万人死于室外污染。也有专家经过反复测算得出结论：一棵生长50年的树，一年对人类的贡献就是十万美元的价值，包括其产生的氧气、防止大气污染、增加肥力、涵养水分…… 当然，有一些树，在严寒的冬天也生长着叶子，比如油松、柏树等，颜色是铁青的、灰绿的。没有人知道它们什么时候落叶，又什么时候生长新叶，这是树中的另类。

有一些树落尽了叶子之后，新的叶苞、花苞就开始默默地孕育着、生长着，在寒冷、漫长的冬季，这种孕育和生长很缓慢很缓慢，但始终没有停止。

树叶落尽了之后，有一次走在街道上，我同样看到一种风景树的枝条上已经长出了一个又一个芽苞。在阵阵寒风中，在行人与车流的喧嚣中。枝条上的芽苞有米粒大的、有小豆大的、也有小拇指大的，外面的一层皮很坚硬，显现出不易被人察觉的一丝丝淡绿。这是冬天的秘密，也是我生命中的秘密。我会留意这些可爱的芽苞，留意这些生长在天寒地冻中的芽苞，看它们如何度过整整一个冬季，直到冬天过去，直到又一个春天到来……

随着一个白天的来临，一个特别的夜晚成为过去。大年初一早上，天气格外晴朗。推窗远望，太阳的光芒笼罩着大地，感觉没有寒意，我便和儿子一起去窗外的山上散步。走在街道上，看到所有的门上都贴着红红的春联，地上散落着五颜六色的纸屑。登山途中，我看到三三两两的行人脸上挂着少有的微笑，认识的还是不认识的，此时都显得很客气，不是向对方微笑，就是向对方点头致意。我却被眼前另一种景致吸引住了：满山是落尽了叶子的树，千千万万的枝条的造型和美感让人惊讶不已，像一种天书的语言一样，生动着，灿烂着，让天空和大地读得如醉如痴，让清风和阳光读得恋恋不舍……树下是丛生的枯草，依然密密地存在着。在蓝蓝的天空下，在冬天少有的暖和的阳光照耀下，落尽了叶子的树和遍地枯草的世界，的确让身临其境的人惊心动魄，让身临其境的人大彻大悟，让身临其境的人脱胎换骨……

落尽了叶子的树，静静地站在大地上，更体现出树的无私和智慧。

舍弃了贪欲和丑恶的人，平淡地生活着，更体现出人的善良和友爱。

听到鸟鸣的快乐

和人类、花草、树木一样，鸟儿也是大自然的重要成员。鸟儿的飞翔、鸟儿的鸣唱、鸟儿的自由、鸟儿的快乐、鸟儿的故事从古至今都是大自然乐曲中优美且动人心弦的一章，也永远是人类生活和心灵世界不可缺少的一部分。

几年前，气候反常得令人无所适从。春天和夏天连续干旱少雨，冬季又少雪。也是几年前，大风扬沙的天气一年又一年如约来到人间。田地里的大量庄稼因缺少雨水的滋润营养不良，仿佛挨饿受冻的人，面黄肌瘦。干旱像威力无比的恶魔一样，戕害着庄稼，折磨着人的身心。在这样的环境下，别说在秋天和冬天，就是在温暖的春天和炎热的夏天，也很少听到鸟声、看到鸟影。绿色的树、绿色的草、盛开的花都病恹恹的，让人觉得焦虑不安、伤感和心疼……

随着时光的流逝，这样的状况在悄悄地改变着。雨水逐年增多，大风扬沙天气逐年减少。大地、山坡上的庄稼茁壮，草肥树美。好久听不到的鸟鸣声又回到了大自然，回到了人们的生活中。

在不知晓的浓浓春眠中，我时常被一声声清脆、响亮、急切、悦耳的鸟叫声唤醒。那“叽叽，叽叽……”“喳喳，喳喳……”等种种声音仿佛是“起床，起床……”“懒虫，懒虫……”“快起床，快起床……”的催促声。我使劲揉着惺忪的眼睛，看着窗帘外微明的天气，听着一声声悦耳的鸟鸣，开始迎接新的一天来临。从鸟鸣声来听，起初是一只、两只，后来是三只、四只，再后来就更多了，天快亮的时候，窗外就成了鸟语的海洋。

鸟儿的欢歌犹如一串串绿色的音符，在满眼绿色的树林中飘荡。这是夏天的某一个时辰，我静静地站在北象山下的公园里凝望。明媚的阳光照耀着，雨后的绿叶愈加碧绿、明亮、新鲜。山坡上的小草和花朵同样水灵生动。这样的景致足以让疲惫不堪的人心旷神怡、恋恋不舍。而一声接一声的鸟语在这清新、碧绿、诱人的世界里演奏着让人心醉神迷、百听不厌的进行曲。看不见树林中的一只只鸟影，但清晰地听见一声接一声的鸟鸣，此落彼起、婉转悠扬、悦耳动听，一下一下地叩击、打动着沮丧和失意人的心房。

秋风起，层林尽染。落叶飘，秋高气爽，万山红遍。这时的鸟儿少了，鸟鸣声也少了。

但是行走在路上的我一次又一次看到飞翔的鸟儿，一次又一次听到鸟鸣的声音……一场秋雨一场寒，十场秋雨要穿棉。而和我一样生活在宁南小城里的鸟儿，穿的是什么？一阵秋风比一阵秋风凉啊！纷纷飘落的树叶就像一个个飘落的梦境。走在路上，看着随风飘落的树叶，听着一声声惬意的鸟鸣，想想大千世界，芸芸众生，滚滚红尘，人生一世，草木一秋……别有一番滋味在心头。

听到梦幻般的鸟鸣是在一个冰天雪地的山塬上，当时，我的的确确被这天籁之音震惊了。令我感到疑惑不解的是：这些在天寒地冻中存活的鸟儿，过着怎样的生活？靠什么生存？

又一个冬季，不断听到鸟鸣声的我已不只是震惊，更多的感受是感动和愉快。“唧唧，唧唧……”“啁啾，啁啾……”一声又一声鸟鸣在空旷、清冷、寂静的山野里响起，让人觉得在这落寞、枯寂的日子里也有美妙的乐曲在弹奏。不知你是否能听到？听到在这凛冽的寒风中不时传来若天外之音的声音，你的心灵是否会震动？在一段时间里，我几乎天天都在鸟鸣声中忙碌着；有时也静坐着；有时会竖起耳朵，全神贯注地聆听悦耳醉人的鸟鸣，因为偌大院落外的公路中间，生长着已逾百年的两棵古树，从绿叶婆娑的夏天，到墨绿色细叶翻动的秋天，再到落尽了树叶的冬天，总有鸟儿在这两棵古树上飞动、嬉戏、欢歌……

也是冬天，有一次走在街道上，路过一个单位门口时，我听到许许多多鸟儿鸣叫着，仿佛在召开一个重要的会议。这个院子里也有数棵落尽了叶子的大树，一只只鸟儿落在树枝上，急急忙忙又嘈嘈切切地讨论着什么，我的心里情不自禁地又升腾起一股股快意和乐趣。

鸟鸣的声音，是上苍赐予人类的奇妙的音乐。只有环境好了，天籁一样的鸟儿的乐曲才会不断回响于天上人间。

只有用心才能倾听到鸟儿的欢歌笑语、无穷意趣。能真正怀着一颗感恩和感动之心聆听鸟鸣，也是一种无与伦比的快乐啊！

阳光照在身上

一股寒流自西向东风驰电掣般地刮过去了。在早春二月的天气里，人们不时经历着冬天一样的问候和寒冷。乍暖还寒、阴晴不定、大起大落、始料不及是这时节天气固有的特点。天气放晴之后，气温开始回升。

在窗前看到晴朗的天气，看到阳光照耀着山坡，照耀着大地，照耀着高楼低舍，照耀着初春的一切，我就按捺不住自己，很想到外面走一走，在满是阳光的世界里散步、沐浴、遐想。

走过街道，路过满身披着阳光的行人。我一如既往地走向小城里仅有的公园。大面积的阳光落下来，落下来。我心里微微颤抖，一种异样的温暖和光亮漫过我的身心。让阳光照在身上，是一件多么愉快和惬意的事情啊！

周围静悄悄的，阳光无声地在天地之间泼洒着。这是在大地上不倦的行走者追求的境界。在阳光下散步的人并不多，更适宜乐于寂寞行走的人。

公园位于北象山脚下，山园一体就成了象山园最大的特色；

既游园又登山，也就成为散步者最大的乐趣。

没有目的地行走着，久违了似的吮吸着大自然的气息。在阳光下的公园里，两位手握拐杖的老人面对面坐着，坐得很近。他们小声地交谈着，自得其乐地享受着美好的阳光和悠闲的时光。我从他们面前轻轻走过。他们依旧安静地交谈着，好像什么也没有看见。

阳光照耀下的世界多么真实和令人迷醉！生活的迷离和世事的沧桑把一颗激情奔涌的心淘洗得更加波澜涌动和熠熠生辉。现在，很多人已经拥有了很多很多东西，并且还在不断地拥有着。在这个世界上，是不是已经拥有了很多很多东西的人，就真正拥有了一切呢？答案永远是否定的。就像这早春二月里无处不在的阳光，一定是奢侈品，他的光明，你拥有多少？他的温暖，你拥有多少？他的无私，你拥有多少？他的爱心，你拥有多少？他的珍贵，你拥有多少？他催生万物生生不息的力量，你又能拥有多少？

胡思乱想着离开公园，我又向山上走去。两个中年男人半蹲着身子，大声地说着他们自己的事情。我走一段路，便要停下脚步，站着近观或远眺。而我看见的这两个男人也是每走一段路，便又蹲下身子，在阳光下互相倾诉着他们的喜怒哀乐。

远处的山峰上积着白雪，似乎和蓝天上飘着的云朵连在一起。远远望去，让人觉得那是海市蜃楼般的美景。但是，山峰是真实的，白雪是真实的，蓝天上飘着的云朵也是真实的，这都是值得让人信赖和感动的事物。

大地上一片巨大的白色进入了我的视线，在阳光下闪闪发光。那是小城的一座水库，上面覆盖着一层雪，下面是冰面。因其他季节水库蓄的是废水，气味非常难闻，小城里的人们身受其熏。而此时水库是一个冰封的世界，在阳光的照耀下，愈加让人产生眩晕之感。如果不是生活在小城里的人们，有谁知道那洁白、耀眼、华丽的外表下暗藏着的恶臭和罪孽？

阳光照在身上，清风一阵一阵吹过，我感觉不到寒意，却有清凉和惬意的快感不断漫过心田。站在一棵油松身旁，我忍不住伸手抚摸着它好看的针叶。针叶明显泛青、泛绿。但那经历了漫长寒冬的颜色确实让人感动不已。我说不出这是什么绿，这绿在阳光下呈现着生机和活力。我像和它一次次握手一样，默默地交流着，除了感激和敬畏，我还应该对它说些什么？

阳光下无处不在的枯草静静地站立着，仿佛等待着什么？身边落尽了叶子的树也静静地站立着，仿佛期盼着什么。一声清脆的鸟鸣从阳光中落下来。我刚抬头，一只小鸟扑棱着翅膀从我面前飞到高处的一只树枝上，落下来，又优美地鸣叫了几声。不远处也有同样的鸟鸣声响起来。不一会儿，这两只匆匆而来的鸟像赶路似的，从我的目光中飞向更远的地方……

有了阳光，人间才有真正的光明和温暖。

有了阳光，万物才有靠得住的不断向上生长的力量。

让阳光照在身上；让阳光永远照彻这世界！

春天，相约桃花

开在心里的桃花

屈指算来，我在六盘山下的这座小城里已经生活了十多个年头。不停流逝的时光像流走的水一样，一去不复返。生命中的黯淡、彷徨、惆怅、忧伤，也像痛心疾首的往事一样不堪回首。

多年来，唯有季节的魔术师幻化、点染和描绘出的春、夏、秋、冬四季的绚丽多彩的画卷让我百读不厌。春天新生的绿色、新绽开的花朵；夏天茂盛的碧绿、成熟的庄稼；秋天的红叶、沉甸甸的收获；冬天的白雪、落尽了叶子的树……谁说不是大自然馈赠给人类的礼物？谁说不是净化、润泽、淘洗心灵的“清洁剂”？谁说不是点燃激情、荡漾梦想、催生创造的源泉？谁说不是生命的经典？……

熬过了漫长寒冷的冬季，人们终于走进一个新的春天。虽然春寒料峭，时不时有冷空气呼啸而过，还开玩笑似的下一些雪……但是，我不止一次惊喜地看到：大自然正在显现出很容易被人忽略的大秘密：冬小麦悄悄地返青，小草悄悄地探头探脑，有些树的枝条变得嫩且柔软，有些树的躯体发青发亮。花苞、叶苞早已在各种树的枝条上闪亮登场，由小变大……一个个生机盎然、感人肺腑的季节的艺术品就要出现在人们面前……

我也看到一棵棵桃树的枝条上布满小小的花苞，看起来表皮和枝条一个颜色。我知道无数花苞里面蕴藏着美丽的、嫩黄嫩黄的花蕊，晶莹透亮……那是春天的语言，是春天的歌声，是春天的诗句，是春天的进行曲……

桃花便是一年中最早大面积开放在天地之间的花朵。虽然普通、平凡、卑微，但是，那是春天丰富多彩的盛宴，又仿佛春天灿烂的宣言，抑或春天醉人的笑靥，任凭你享用、倾听、欣赏、消受……

小城北象山上的桃花一年比一年多，一年比一年灿烂，一年比一年热烈，一年比一年美丽……

春天，去北象山上看桃花成为这座小城的新鲜事和喜事。

开在我心里的桃花，永远美丽地盛开。

开在我心里的桃花，总要开满天地间。

桃花宴

热烈开放的桃花，是春天盛大的宴会。

从旭日冉冉升起的时刻，阳光就开始享受天地之间盛开的桃花的娇容和美味。因为要赶路，早晨的阳光是谨小慎微的，给桃花明亮，温暖，充满爱意。悄悄地靠近桃花，接触桃花，抚摸桃花，品味桃花……到了中午，桃花热情有加，激情澎湃，阳光也被桃花的宴会招待得面红耳赤，受宠若惊；再不起步就确实对不起桃花的盛情和邀请，等到了下午，到了傍晚，阳光醉意迷离，恋恋不舍，硕大的太阳也醉眼蒙胧，一步一回头，不忍离去……

这时候，风也不想错过桃花绽放的宴会，刚一触碰到这么丰盛的花海，就停滞不前了，等清醒之后，又开始在桃花巨大的餐桌上晕晕乎乎地摇来摆去，忽东忽西，忽上忽下，冷不丁一个趔趄，惹得许许多多桃花掩面而笑；于是，属于春天的无数个醉人的笑靥把天地都吸引住了……有时候，风还会恶作剧似的搞一些报复，毫不留情地把盛开不久的桃花妹妹吹得七零八落，满天都是，不能不让人产生怜香惜玉的感叹。

蜜蜂最殷勤最投入了。你看，好像是倾巢出动，它们不停地在桃花丛中兴高采烈地飞舞，采撷，品砸着。在这朵花上吮吸一阵，就赶紧离开，再飞到另一朵花上，稍作停留，复又离开，飞飞停停，停停飞飞，唯恐自己不小心被桃花宴迷醉。

春雨也赶来凑热闹。往往是又轻又细又柔又软的那种，清洗着桃花，亲吻着桃花，抚摸着桃花，品尝着桃花，啜饮着桃花，很快就会心醉神迷，不知归路……

地上的小草们则无比兴奋，也充满了感激之情。开始飘落的桃花，像一瓣一瓣飘落的美味，又像纷纷飘落的雪花，来到自己的身上，来到自己的怀抱，来到自己的唇边，来到自己的心上。因了桃花，草地锦上添花，草地温柔无比，草地如痴如醉，草地感恩戴德。

“人面桃花相映红。”秀色可餐，桃花当然也可餐了。要不然，在桃花盛开的季节，天地之间怎么会弥漫着淡淡的桃花的味道，不经意间能把善良的人饮醉，从而念念不忘；怎么会氤氲着花烟雾岚，能把善良的人喊叫得坐卧不宁，脚步不稳。“桃花依旧笑春风”。对于我们来说，面对姣美的桃花妹妹，面对盛大的桃花宴会，只有尽情地享受视觉的盛宴了，也只能尽情地享有视觉的盛宴了，这是不是天下最干净、最富有诗情画意的盛宴？……

桃花运

桃花运，这是让人浮想联翩和心旌荡漾的事情。

写这篇文字的时候，正是2009年3月20日，春分节气。恰巧这天正是我生命中一个重要的日子，我几乎麻木的心就要忘记这个日子的时候，却被妻儿挂在嘴边，我心里还是掠过阵阵温情和暖意……

尽管北方的春天总是姗姗来迟，但是，风软草青，柳绿花红，万紫千红的季节就要来到我们面前。

人人都说桃花运，人人都希望得到桃花运。

有一种说法是：未婚男女如果梦见桃花，就会遇见爱情，并且结为伉俪；已婚男女如果梦见桃花，那便是好运来临的象征。

看来世上确实有这样的事。我的经历和记忆中就有桃花运的烙印。

你也有桃花运的经历吧！

十几年前的一个冬天，我在老家的土炕上做了一个从来都没有做过的梦。

小村庄北面是连绵起伏的大山。每年春天，山上会盛开一些不多的桃花。

我梦中的桃花开满了山坡，生动亮丽，灿烂无比，超凡脱俗，让人欣喜若狂。恍惚中，我也觉得奇怪，还没有到春天，桃花怎么就开放了？而且我没有看见过这么大面积绚烂的桃花。

翌年初春，我所在的小城附近还没有绽放桃花，但是我的爱情故事却发生了……

春来春又去。桃花盛开又凋落。

时光就在一年四季的轮回中悄然流逝。

经历了岁月中的风霜雨雪，品尝了生活中的酸甜苦辣。

当我落入生活的低谷，“山重水复疑无路的时候”，一天晚上，很少梦见花的妻子却梦见了灿烂盛开的桃花，她说粉白、粉红的桃花开了一大片。这让她惊讶，让她激动，让她迷恋，让她陶醉……

于是，我的人生真的发生了转机。虽然不是什么好运，但是我黯淡、苍白、无助的生命翻开了新的一页……

这一年的春天已经来到人间，今年的桃花已经含苞欲放。

相约春天，相约桃花。

像桃花短暂的花期一样，桃花运不是常有的，也许一个人的一生中就能遇到那么一两回。就这一两回，也让人一生中有了美好的记忆、感动和念想。至于投机钻营、坑蒙拐骗丧尽天良者的“好运气”，就让人唾弃，不足挂齿了，甚至让人深恶痛绝……

夏日的清凉

青　山

清凉寺周围绵延百余里的青山，是六盘山的余脉。走进清凉寺，就被连绵起伏、郁郁葱葱、高耸入云的青山挡住了视线。原生态的树木密密实实地遮盖了一部分山脉。艳阳高照。满眼的绿色愈加碧绿、明亮、滴翠。清凉水库近旁的高山密林倒映在水中。偶有白云飘过，会遮住强烈的光线。因了浓绿的覆盖，因了偌大水库中水的氤氲，因了溪水的流动，因了不时有清风拂过，清凉峡谷的确让人感到清凉、清爽、清新。这无处不在的绿色养眼、养身、养心；这清澈、清亮倒映蓝天绿树的水域润眼、润肺、润心；这时隐时现、潺潺淙淙的溪水洗濯胸怀，涤荡灵魂。就这样静静地望着青山，把自己融入，就这样静静地看着绿水，把自己湿润。走近原生态的自然环境，就被绿树、花草、溪流、清风、鸟鸣亲近、抚摸、陶冶，如饮佳茗，令人通体舒爽，心旷神怡。喜欢这样徒步行走，被青山召唤，被森林吸引。被森林覆盖的无边大山，就是释放巨大能量的容器，稀释着六月的热气，给人间带来清凉。

绿　水

早晨，我看到了清凉水库中的绿水。站在水库边，一眼望过去，水平如镜的水域让人顿生喜爱和向往。原来是近旁高大的青山倒映在一部分水域中，蓊郁葱翠、绿意盎然的景色也倒映在水中，在阳光的照射下，明亮、生动。这时候，没有风，水域悄悄的、静静的。一部分水域倒映着蓝天白云，层次分明。六月的清凉寺，因了这偌大水域的存在和蒸发，因了这连绵起伏的青山吸吮和释放，你就有了湿润润、凉爽爽的感觉，你就有了身心愉悦，得到了洗礼的快感。来吧，站在水库专用的“桥上”，以蓝天白云为背景，以身后的青山为背景，以清澈的水域为背景，留下生命中的惬意和美好记忆。在我的提议下，同行者开始纷纷拿起相机、手机拍照……下午，我们返回时，太阳已经偏西，又来到这一大片水域边。天是那样蓝，云是那样白。这时有了丝丝缕缕的微风。坐下来休息，再一次深情地把目光投向水域，从另一个角度欣赏水域，我看到水域更加宽阔、清亮、优美。因了阳光的照耀，因了蓝天白云的倒影，这时的水域是淡蓝色的，水面上细细的、小小的波纹不停地向前移动着，特别好看。人间六月天，我有幸被绿水、青山、鸟鸣、溪流、清风湿润着、洗礼着、净化着、抚慰着，真是一种享受。

第四辑

行走

行走在天地之间

如果离开你居住的地方，登上一座山远眺，或走向田野，在田野里漫步，你会觉得大自然是人类的摇篮。因为大自然是广袤无垠的、丰富多彩的、千变万化的、神秘莫测的……大自然是生命的天堂。大自然是营养的宝藏。大自然是色彩的海洋。大自然是人类灵魂的栖园……人们在大自然的怀抱中繁衍生息，生产劳作生活，享受大自然恩赐的一切，奋斗拼搏，推动社会向前发展。在广阔的、绵延无尽的大自然中，你会觉得人类栖身的只是很小很小的地方。行走在天地之间，你会感到天地间的博大精深，大静大美，平淡旷远，魅力无限。你会流连于四季如诗如画如歌的风景，你会感到自己的渺小，人类的自以为是。你才能真正体味“草芥”“沧海一粟”“一滴水”“一粒尘埃”“一棵树”“一株草”“一只鸟”等词语蕴含的意义。

月亮的阴晴圆缺，晨雾晚霞，风霜雨雪，雷电彩虹，干旱冰雹，夜空的秘密等无一不牵动着人们的神经，拨动人们脆弱且充满欲望的心弦，并影响人们的生产生活和出行。太阳的光明温暖，鸟儿的翩然飞翔，云朵的自然飘荡，月光的皎洁迷人，夜晚的星星闪烁，及时雨、美丽的雪，成为人们永远的盼望、感动。“大地上的事情”更是包罗万象，奥秘无穷，让人目不暇接，眼花缭乱。植物王国的生机盎然，五彩斑斓；动物世界的千姿百态，生动妩媚；吸引着人们的目光，引发人们的思索。草原盆地大海，沙漠戈壁瀑布，日出日落，月缺月圆，树木花草飞鸟，山川河流湖泊……这些大自然绚丽多彩的画卷装扮着世界，滋润、陶冶、净化着人们的心田。大地上的粮食、水果、蔬菜等滋养、帮助、支持着人类生存。人以及人类所创造的一切成为天地之间亮丽、生动、优美的风景。行走在天地之间，你才会感恩大自然赐予人类的一切；你才会对哺育生命的土地永远心存敬畏和感激；你才能沐浴到日月光华，吮吸到天地灵气，你才能呼吸到大自然清新、幽微、醉人的气息；你才能静静地聆听大自然特有的天籁之音。

我时常会走出去，走向大自然，漫无目的地行走在天地之间，沉湎于充满生机与魅力的景致，欣赏四季风格各异、美丽动人的“作品”，或仰首高山、天空，或俯视大地、流水，或徘徊于田间地头，或流连于田野小径，或醉心于花前月下，或忧思于干旱沙尘；或对一片庄稼低语，或对一朵鲜花微笑，或为一棵树鼓掌，或为一片绿草地流泪；或驻足凝望，或沉思遐想，或伸手抚摸，或肌肤相亲……只要行走在天地之间，我滞塞的心胸会豁然开朗，我愚钝的头脑会茅塞顿开，我的身心会惬意舒适，心旷神怡。我会被一次又一次地震撼，会被一次又一次地感动，会被一次又一次地吸引，会被一次又一次地潜移默化。会被洗浴，会被拯救，会被启悟，会被羽化……行走在天地之间，才能真正谛听到大自然中生长、拔节、开花、结果、欢乐、忧伤、死亡的声音，你才能真正倾听到天地之间或细微或雄浑或平凡或伟大或瞬间或永恒的声音……

天地精神是一种无形的大精神，天地精神是人类永远的养料。行走在天地之间，才能还原本真，才能接近自然的心灵，你才能无欲无求，与天地精神往来，融会贯通，进入天地人合一的超脱境界。

大连散记

空中的风景

2007 年 9 月 18 日凌晨，经过近三个小时的候机和期盼，当我们走出干净、整洁、偌大的候机厅，排队走向登机的过道和舷梯的时候，我的心开始怦怦直跳，也按捺不住激动和兴奋，生命中从未有过的一段旅程即将开始了……

从咸阳到大连的航班终于起飞了。

所有的乘客坐稳当之后，仓门关闭，行李架箱也自动关闭。播放器中闪动着飞机飞行中的有关画面。身材修长、漂亮的空姐和帅气的空哥轮流向乘客提醒，要求系好安全带，并介绍着飞机上安全救生的方法。这时候，机舱内静悄悄的。我也情不自禁地紧张、不安……

飞机快速地在地面上滑行了一段距离后，冲向天空，开始升空。我觉得微微有些头晕、心虚，呼吸也开始急促。很快，飞机水平飞行，仓内出现一阵惊呼声和议论声。

此时，天气晴朗，阳光普照着大地，空中飘着一些云朵。

地面上的景物越来越远了，越来越小了，直至看不见。飞机不断地向高空飞升。我看到邻座不停地张口，并作呼吸状。我也感到一阵一阵轻微的头晕目眩。

飞机在几千米的高空中平稳飞行时，没有一点动荡，没有一点倾斜，如果不是舷窗外不断变换的风景，我几乎感觉不到飞机在快速地飞行。

早餐是在飞机上吃的。塑料盒内的食物小巧而精美，营养搭配得不错。牛奶、可乐等小杯饮品都有。

在大地上行走了几十年，看惯了天空中日月星辰的升起与落下；天晴时的蔚蓝和暖和，天阴时的阴暗和寒冷；风霜雨雪雷电的神秘莫测；朝阳晚霞的千变万化；云朵云团云片云絮及波浪云的丝线和遮天蔽日的乌云的千姿百态；感受了世事沧桑与人情冷暖。突然远离了大地和身边的一切，在半空中飞行，你不只会产生新鲜、失重、悬空的感受，生命中的不可知和世事的难以预料也一定让你思绪翻滚，感叹唏嘘。

透过小小的舷窗，我着实领略了空中变幻无穷、美轮美奂、引人入胜的风景……

时而阳光灿烂，不时看到大地上小小的建筑的轮廓，高山大川河流的轮廓，还有明亮而凝固的水域。

时而空中呈现淡淡的灰白色。地面上的建筑、农村、城市、山峰、田野、河流、森林虚无缥缈，隐隐约约，若有若无。

时而更高更远处的天空蔚蓝。近处的白云绵绵实实，层层叠叠，浪叠千涌，飞机就在这万顷云涛之上飞行。

时而有无数大小的云团运动着，起起伏伏，沉沉落落，上上下下，左左右右，迷迷蒙蒙，险象环生，错落有致。大地上的一切全被掩盖在云海的下面。

时而眼前是一片白皑皑的世界，仿佛寂静而优美的立体雪野。绝不同于我们在地面上看到的有限的冰天雪地的景象。一会儿是万里雪白的森林图，一会儿是美丽无比的村庄田野画，一会儿是逶迤起伏的崇山峻岭的雕塑，确有“山舞银蛇，原驰蜡象”的景致。一会儿是一望无垠的大平原。人间的喜怒哀乐、尔虞我诈，阴谋与丑恶，不幸与苦难……似乎被隔在了另一个世界。

…………

当大面积明晃晃的景物不断出现时，我知道飞机已经在大海上空飞行了。

不久，飞机逐渐下降。我又感到一阵一阵的晕眩。机舱内的人们开始大呼小叫，笑声连连。在大连的上空，已经能看见高大的楼房、广场、街道、车辆、人流。

经历了两个小时的新鲜感受，两个小时的惊魂未定，两个小时的大美无言，两个小时的震撼感动。飞机安全着陆在大连机场的时候，我一直悬着的心才落下来。

初见大海

上午十时许，我们走出大连机场。

旅行车已等候在外面。

来不及浏览机场附近的风景，一行四十多人便匆匆钻进旅行车，开始我们在大连行程的第一站——旅顺军港。

旅顺军港位于旅顺口区。随着旅行车的行驶，二十刚出头的导游小史先做自我介绍，然后滔滔不绝地给我们讲述沿街漂亮的建筑和风景。他多次自豪地说：“……现在你们看到我们大连这么美，发展这么快，成为国内甚至国外人们注目的焦点和旅游胜地，我们大连的时任市长功不可没……”小史还说你们将要看到大海的无垠和美丽。

美丽的海滨城市大连，多年前，我就在报纸上读过。

此时，我却在享受着视觉的盛宴：快速行驶的车窗外，是宽阔、整洁、美观的街道；色彩明亮，造型各异，鳞次栉比的高楼大厦拔地而起；草坪、绿树、花草无处不在……

离开市区，只见不高的山头出现在眼前，却是满山葱茏的草木，在阳光下散发着迷人的光彩。绿树掩映中的别墅似的一座又一座特色建筑物格外醒目和耀眼。小史解释说这些建筑就是附近渔民们的房子，你们可以看出他们生活的富裕和情趣。

我的思绪又在另一种情景中游弋着。长年生活在大西北腹地六盘山下，和那片土地上的庄稼、树木、花草、生灵一起饱受了干旱的肆虐和蹂躏。水、雨水，成了十年九旱的西海固梦寐以求的夙愿和期盼。我的心里伤痕累累，干涸焦裂。就要见到大海了，我心里翻腾着层层波浪，不知道我的身心将遭受怎样的洗礼、滋润和震撼……

近半小时后，在人们的赞美和感叹声中，旅行车停了下来。海水就在前面，旅顺军港就在此地。

先映入眼帘的是一望无垠的海水，这是渤海的一角。阳光灿烂，空中飘着淡淡的洁白的云彩。大面积银白色的海水悄悄地涌动着。在阳光的照耀下，海面上氤氲着淡淡的光晕，给人强烈的视觉冲击和心灵震撼。感觉不到有风吹拂，但是海面上却有看不完、数不尽的美丽的旋涡，更有小小的、不计其数的、明亮和刺目的白色光点，这是海水反射的一个又一个好看的不规则的太阳啊！仿佛一颗又一颗耀眼的碧玉和珍珠，在海面上不停地晃动。远处停泊着一些轮船，看得见的岸边还有一些建筑，更远处是不高的岛屿似的山峰。山上是绿茵茵的树木。

看大海的人很多，眺望旅顺军港的人也很多。人影散乱，声音喧嚣。在不长的站台上，在来来去去的旅客中间，在明媚的阳光下，我不时静静地站在扶栏边，凝望这神奇和奥秘无穷的海水，还有漂浮在海面上的一艘艘轮船，接连不断的岛屿。临近中午，天气开始炎热起来，我的心里汹涌着一浪浪从未有过的凉爽和惬意。让这深情的凝望也成为一道风景，让梦幻一样的海水成为你一生的行李，让初见大海的欣喜和启迪成为一个人生命中永远的记忆……

眺望旅顺军港

“军港的夜啊，静悄悄，海风你轻轻地吹海浪你轻轻地摇，年轻的水兵，头枕着波涛，睡梦中露出甜蜜的微笑……”

二十多年前，这首《军港之夜》的歌曲曾传唱一时，大海、军港、海风、海浪、水兵等像梦一样留在了我懵懂的心里，我也觉得这些都是非常非常遥远的事情。随着时间的流逝和年龄的增长，去看大海，感受大海的宽阔和博大，神秘和情趣，成了我生命中梦寐以求的夙愿。

9 月 18 日，临近午时，我们刚到大连，就去看旅顺军港。

旅顺口区距离大连市中心 45 公里。旅顺口地处辽东半岛最南端，三面环海，一面与大连市区相连，隔海与山东半岛相望。全区土地面积 506 平方公里，其中城区规划面积 37 平方公里，海岸线总长 169 公里。其地理位置独特，险要可见一斑。

旅行车停下后，人们不约而同地涌向有长长护栏的大海边。惊叫声、嬉笑声、拍照声、脚步声连成一片。我却越过纷乱和喧嚣，让大面积的、明晃晃的、闪耀着无数光芒的海水浸润眼睛和身心，轻轻涌动的海水和美丽的旋涡多像我此刻不平静的心情。

资料记载中的旅顺口在我的脑海里逐渐清晰起来：旅顺口历史悠久，最早的名称叫“将军山”。将军山是老铁山的一部分。早在四五千年前，老铁山下就有人类活动。铁山街道郭家村北大岭新石器时期遗址就是证明。铁山街道于家头坨出土的铜器则告诉我们商朝时期人类在这里活动的情况。战国时这里属燕国的辽东郡。汉朝时，在今天的铁山街道于家村东边的山坡上修建了牧羊城（又称“木羊城”），是旅顺成为军事重镇的开端，牧羊城出土的“河阳令印”“武库中丞”封泥充分证实了旅顺与中原地区的密切关系。在它附近出土的记事砖上的文字是迄今旅顺发现的最早的记事文字。到了魏时，旅顺被称为“沓渚”或“沓津”。“渚”在古代是“水中的小块陆地”的意思。晋名“马石津”，唐谓“都里镇”，元称“狮子口”，到了明朝洪武四年（1371 年），太祖皇帝朱元璋派马云、叶旺两将军率部队从山东乘船跨海镇守辽东，因海上旅途一帆风顺，特将狮子口改名“旅顺口”。

说是看，其实是眺望。我的目光越过波光粼粼、光芒闪闪的海面，果真远远地望到远处有两座长长的神秘的大山围成的一个狭窄的出海口。并且看到左前方山峰下停泊着艘艘轮船，海岸边有绿树和建筑；右前方是海面上连绵起伏的岛屿；还隐隐约约看到更远处也停泊着不少军舰。导游说这里是军事禁地，并没有开放。

在一块黑色的大理石碑上，我看到了镌刻有“旅顺军港”的介绍文字：旅顺军港地处辽东半岛西南端，黄海北岸。东侧是雄伟的黄金山，西侧是老虎尾半岛，西南是巍峨的老铁山，从周围环守旅顺军港，形势险要，天然形胜被誉为“天下奇观”。“旅顺口”“狮子口”就是宽近 300 米、由两山对峙而形成的出海口，最窄处只有 91 米的航道，每次只能通过一艘大型军舰，可谓“一夫当关，万夫莫开”，在战略上易守难攻。旅顺口作为世界五大军港之一，其险要之处全在于航道两侧的山上，那里隐蔽着许多火力机关，交叉成网、互相支援，敌舰很难靠近，所以无论是甲午战争还是日俄战争，日军都没有从海上攻进旅顺，所以一些军事家形容说：“旅顺一口，天然形胜，即有千军万马，断不能破。”

此前我还了解到，旅顺军港始建于清代。1880 年，清政府在此兴办北洋水师，建军港、修炮台、筑船坞、扎营盘，使旅顺口成为军事要塞。从 1880 年至 1890 年，清政府命北洋大臣李鸿章筹建北洋水师，经营旅顺港。在旅顺征民建港、购战舰，使旅顺口成为当时世界闻名的军事要塞。1894 年的中日甲午战争和 1904 年的日俄战争，都在旅顺口历史上留下了沧桑的一页，使旅顺成为中国乃至世界近代史上的露天博物馆。1894 年爆发中日甲午战争，旅顺被日寇侵占。清政府在旅顺只统治了 16 年，随后的几十年由日俄先后侵占，直至 1955 年才回到祖国的怀抱，现在作为北海舰队的一处训练基地。

匆匆地眺望，我想得更多的是：现在看似风平浪静的旅顺军港，曾经发生过外敌入侵的中日甲午战争和日俄战争。而被日俄侵占长达 60 多年的岁月里，这方土地和土地上的生灵无辜地遭受了帝国主义的炮火、铁蹄和屠刀的蹂躏、杀戮、折磨、摧残……虽然这一切已成为历史的烟云，但是我们应该永远铭记侵略者侵占国土和涂炭生灵的历史事件。

“军港的夜啊，静悄悄，海浪把战舰轻轻地摇，年轻的水兵，头枕着波涛，睡梦中露出甜蜜地微笑……”

“日俄监狱”

9 月 18 日，下午 2 时许，按照行程安排，在导游的带领下，我们去参观位于旅顺口区的日俄监狱。一走进旅顺日俄监狱旧址的门，我就对自己说：一定要多看看，不能忘记侵略者在祖国大地上蹂躏我们国土和同胞的罪行。在解说员的引导下，一行人快快地走过去了。而我来不及仔仔细细地观看，就用手中的相机，不停地拍下一些照片。我远远地落在了后面。

日俄监狱是三层楼式的建筑，呈“大”字形放射状。我看到日俄监狱由两部分组成，灰色砖的部分是俄国1902年修建的，有85间牢房；红色砖的部分是日本1905年扩建的，有253间牢房。监狱内部的设计、结构、用途让人不寒而栗。牢房内让人瞠目结舌的各种刑具、囚衣，墙外烈士的遗像、指正语依然醒目地保存着。院内有草地，不怎么碧绿，是因为这片土地下埋葬着太多民众的遗骨；有白得让人震惊的月季花，是为已故的烈士和民众地默哀和祈祷！

头晕目眩地走出日俄监狱，我脑海中冒出的是“地狱一样的日俄监狱”的感受和感叹。后来查看资料，果然有这样的说法：“独一无二的人间地狱”“中国志士受迫害最深”“恶魔罪行令人发指”……

“日俄战争中，受害最深的是大连人民。良田被毁、房屋被炸、人民流离失所、无家可归者满目皆是”……

…………

读着沉甸甸、血腥腥的日寇列强涂炭生灵的一系列史料，我的内心久久不能平静……

看一次，就疼痛一次，看一次，就一生也忘不了。

是啊，参观完日俄监狱，我一生也忘记不了镂刻在中国东北大地上至今犹存的“人间地狱”遗迹以及日寇对中国人民犯下的滔天罪行……

星海湾广场

位于大连市的星海湾广场最大的特点是：临海，阔大，建筑堪称奇观。

9 月 18 日下午 6 时许，我们观赏星海湾广场。导游说：星海湾广场的面积最大，是天安门广场的几倍。我不知道是否正确。后来，我查看资料，的确如那位导游所说，星海湾广场的面积最大，有 110 万平方米，天安门广场的面积则是 44 万平方米。星海湾广场也是亚洲最大的城市广场。

广场上干净、整洁。已是傍晚，灯渐次亮起来，偌大的广场给人朦朦胧胧的美感。这边望不到那边。草地、风景树又绿又亮，街灯也很明亮。散步的人很多，凉风习习。就这样静静地走着，欣赏着……

9 月 19 日早上，天气阴沉，我们继续近距离地观赏星海湾广场。“大连百年城雕纪念”路标引人注目。为纪念大连建市 100 周年（1899—1999 年）而建。是在广场南部海滨修建的一座卧式巨型城雕，占地 5000 平方米，长 100 米，宽 50 米。由两部分组成。一部分是足迹浮雕，上面的脚印是由多人踩出的；另一部分仿佛是翻开的一本弧形巨书的台式广场，高高地平铺在海岸边。

临海处的巨书台式广场，也似翅膀形状，寓意腾飞之意吧。

因为这个建筑太大，我用照相机照了两次。远远地看，站在“翅膀”上的游人小小的。在巨型“翅膀”上看大海，别有一番情趣。此时茫茫大海呈灰色，一望无垠。海水微微起着波澜。大面积的绿地让人眼睛发光发亮。密密的、长长的环形的风景树为广场增添了别样的景致。广场边高层的建筑群落风格基本一致，低处的建筑群落风格也基本一致，看上去淡、雅、净。

行走在这么大、这么绿、这么净、这么美的广场上，你的心胸能不开阔吗？你的目光能不高远吗？你蒙尘的心灵能不生出一些美好的感想和感慨吗？

车游滨海路

就是坐在车上游览。

离开了星海湾广场，坐旅游车经过郁郁葱葱森林的山间小路，来到了滨海路。导游说：这里也叫“情人路”，还讲起了故事……过了北大桥（情人桥），就是“九十九道湾”。“老虎滩”就在山上，好像有聚集在一起的各种形态的九只老虎的雕像，这还需要你仔细辨认，才能分清楚。此处也能远远地望到大海。“鸟语林”也在这里。因为有些距离，密密实实的森林间，隐隐约约中，有百鸟欢唱，千鸟齐鸣。因了海水的滋润，海风的吹拂，森林绿意盈盈，鸟语清脆悦耳。这同样需要你有一双发现美的眼睛，需要你有一颗感受美的心灵。

俄罗斯风情一条街

9 月 19 日早上 9 时许，我们在“俄罗斯风情一条街”（团结街）自由活动，自由购物。也有去看“人妖”表演的。我无心购物，和同行者在街上散步，看风景。

果然看到到处是俄罗斯风格的建筑，色彩以棕红色、白色、黄色搭配为主，大多是圆窗、尖顶，与中国的建筑迥然有别，各有风味。

这里小商品繁多，交易活跃。据说都是中国南方生产的商品。我看到有俄罗斯人在街上散步，在摊点上饶有兴致地选购商品，有胖乎乎的中年人，也有身材高挑的姑娘。同行者想上前打招呼，合影留念，终因胆怯而未果。

“团结街”多好的名称啊！其寓意不言自明。

听说这里还有“友谊、和平、团结广场”；但是我们没有去看……

从大连到烟台

原定于晚上坐轮船离开大连，到下一站烟台市。由于旅游团组织方接到通知：从这天晚上开始，未来一两天天气将有大的变化。因此临时改变行程。

中午 11 时许，我们坐车赶到了“大连新港湾”。我看到了“渤海银珠”号轮船。船身为白色，船底为蔚蓝色。该轮船长 121.6 米，宽 24.8 米。第一次看到这么大的轮船，我心里还是惊呼不已的。轮船静静地停泊在海边。我们通过长长的登船梯陆续登上了轮船，进入客舱内，找到自己的铺位，先放下随身携带的行李，就急急地上到船顶，观赏大海。船顶同样开阔、宽大，边缘有结实、牢固的护栏。此时，天空布满灰白色的云。海天一色，蔚为壮观，一眼望不到边际。能看到各种形状的货轮、客轮在大海上行进。风很小，海水起着小小的波纹。随着轮船行进，不断有人来到船顶，欣赏大海，记下大海的博大、无垠、浩渺、神奇。

这时候，除了天空，就是茫茫大海和自己乘坐的轮船，你会产生许多想法；因为客舱铺位上为每一位旅客都配备了救生衣和救生圈。

随着天空变得阴沉，海水的颜色也逐渐变深，越来越深，成为黑色。而轮船行进过程中溅起的层层浪花翻滚着，交织着，似白絮，似白云，似连绵不断的白花在黑色的海面上，好看极了。再看船后面远处的海水，一道长长的泛着白花的印痕特别显眼，渐渐沉静下来。

看一会儿大海，我便回到舱内休息。过一会儿，我又去船顶上看大海。

时间越来越晚，天色越来越黑，这时候，海水就变成了墨色。

不久，就看到远处亮着的灯塔。

到烟台时，已经深夜了。天空下着小雨。走出轮船，我的心才安静下来。

近 5 个小时的大海航行，成为我生命中难忘的经历。

留在山东的足音

蓬莱·风雨蓬莱阁

9 月 20 日一大早，下着大雨。吃过早点之后，我们乘车向蓬莱市驶去。

蓬莱阁，素有人间仙境的美誉。与滕王阁、真武阁、天心阁并称我国四大名阁。

城郭当前，烟火万家忧共乐；
海山在望，乾坤一气古今浮。

蓬莱阁，位于蓬莱市北的丹崖山巅。由白云宫的三清殿、吕祖殿、苏公祠和天后宫、龙王宫、蓬莱阁、弥陀寺等几组不同的祠庙殿堂、楼阁、亭坊组成，统称为蓬莱阁。修建于宋代。

有个成语叫“海市蜃楼”。据说海市蜃楼美轮美奂的迷人景色就出现在蓬莱市附近的大海上。

因为天公不作美，风雨大作。导游建议我们去参观“八仙过海”的入海口处陈列室。因为在室内，既可观赏神话中的人物和故事，也可避免风雨之扰。但是，我们好不容易来到蓬莱市，不去看久负盛名的蓬莱阁，会留下遗憾的；大家一致同意去看看蓬莱阁。

迎着风雨，我要用自己的眼睛观赏蓬莱阁，要用自己的心灵感受蓬莱阁。我没有和团队的人走在一起，而是和一位同行者共同前行。没有受风雨的影响，我看到游览蓬莱阁的旅人很多。

走进蓬莱阁的园门，我不由自主地感到脚下的台阶、小径，面前的树、草都散发着仙风道骨 、超凡脱俗的意味。在雨水的洗礼下，古色古香、曲径通幽的台阶、小径发光发亮；别具一格、绿意清新的古树盘根错节，虬枝茂叶；碧绿修长、摇曳生姿的绿草让人恋恋不舍。我不停地走着，不停地看着。多个小阁内丰富多彩的彩绘、形态各异的摆设向游人诉说着这片土地上的风俗、故事、传说，阁外的树木、花草、景观、幽径向游人展示着独一无二的美景。也有招徕生意者，邀游人观看他室内的“海市蜃楼”，我是不会去看的。

蓬莱阁依地势而建，由低到高，错落分明，引人入胜。

站在蓬莱阁看下面不远处的大海，此时，只见海天一色，浊浪滔天、惊涛拍岸。更远处的一切朦胧迷离，如梦似幻。

威海 · 定远舰博物馆

20 日下午，在威海，我深深地记住了定远舰。

按行程，是要去看刘公岛的，需坐船才能前往。由于天气阴沉，下着雨，刮着风，海天同色，天地迷蒙，只好取消行程。

定远舰博物馆就在威海附近的大海上。

从介绍资料来看，“定远”号铁甲舰是由清政府委托德国伏尔铿造船厂制造的7000吨级的铁甲舰。有定远舰、镇远舰两艘，二舰于1885年开始服役，成为清北洋水师的主力战舰，定远舰同时为舰队旗舰，长91米，宽19.5米，其装甲厚、吨位大、炮火重，是当时罕见的大型铁甲战舰。集中了当时世界上最先进的铁甲舰的优点，被誉为“亚洲第一巨舰”，成为当时各国海军效仿的对象。定远舰下水后，经历了北洋海军建军、出国访问、中日甲午海战等诸多历史事件，曾使外国舰队“畏之如虎豹”。甲午海战从1894年7月25日开始，至1895年4月17日结束，以清政府战败、北洋水师全军覆没告终。清朝政府迫于日本军国主义的军事压力，签订了丧权辱国的不平等条约——《马关条约》。

1894年9月17日，在甲午海战中，定远号作为北洋舰队旗舰，带领十多艘战舰参加与日本联合舰队在黄海上的遭遇决战。定远舰舰长刘步蟾、北洋水师提督丁汝昌就在舰上。战事开始时，在定远舰的一次主炮齐发中，舰桥突然断裂，丁汝昌不幸身负重伤，旗舰亦不能挂旗指挥各舰。战事由中午持续至下午5时，期间定远舰、镇远舰一直坚持作战，是战斗的主力；当时，定远舰中弹多达159发，舰上17人死38人受伤，前甲板发生大火。1895年，在威海卫保卫战中被日军鱼雷击中，为了避免被日军俘获，“定远”号被抢滩后先自爆然后被日军炸毁，舰上的装备也被日寇抢夺一空。随之沉没于刘公岛岸畔。刘步蟾也自杀身亡。镇远舰及其他舰船也被日军掳去。

现在看到的历经风雨沧桑的巨型定远舰是复制品，静静地停泊在黄海上，向人们诉说着中华民族过去那段悲壮而又屈辱的历史。

走进定远舰博物馆，阅读着历史，眼前浮现出炮声隆隆、海水飞溅、硝烟弥漫，舰长、水师提督、士兵奋勇抗敌的画面；目睹着定远舰内复杂的构造、鲜活的人物、用物，我的血脉偾张，心里是愤懑不平的。

由于多看了一会儿。当我义愤填膺地走出定远舰，失魂落魄地回到现实中，看到一车人在等我，我感到非常抱歉。但是，有谁知道我内心的感受和体验？

傍晚的大海

下午，看了崂山下的大海，品尝了崂山茶，休息之后，旅游车把我们带往青岛市附近的大海边，欣赏免费的大海。

这是我与大海亲密接触的一次。天气晴朗，阳光普照，光线微弱。面前的大海映着天空。天空、海水均泛着白色。海水微波荡漾，浅海处的黑褐色礁石到处可见，大小不一，形状各异。被海水冲刷得洁净、光滑。

天色渐晚。光线照过来，微波涌动的海面出现了金色的光晕。到处闪现着明亮的光点。随着微波涌动而晃动。走在干净的礁石上，或者坐在干净的礁石上，与海水对视、交流、默契，留下心灵的战栗和生命中的欢愉。

我想，应该浸浸海水吧。不只是用双手，我脱掉鞋袜，挽起裤腿，轻轻走进海水中。海水特有的温度和力量迅速漫过我的肌肤，撞击我的身心，心里不由泛起丝丝缕缕的欣喜和感慨。浅处的海水没过脚面，稍深处的海水没过小腿。就让海水彻底湿润、洗礼自己，开阔心胸。一次亲密接触，成为一生的体验和感动。

看到我这样的行为，同行者纷纷脱掉鞋袜，挽起裤腿，欢笑着走进大海中。于是，摆出各种姿势，拍照，笑闹。相同的场景、景致，却有着不同的生命感受、认知和体验啊！

青岛傍晚的大海，留在我生命中久远的记忆。

海上看青岛

9 月 22 日清晨，先是限定时间自由活动。我看到了日出之前和日出之后大海不同的胜景。日出之前，眼前的海水呈绿色，一望无垠。风平浪静。海水微微涌动着。日出之后，海水一下变为灰白色，也明亮了许多。不停涌动的涟漪也变得更加清晰。游人逐渐增多了，海岸边很多的摊点也开始摆出了各种各样的海产品，供游人挑选。坐大型快艇在海上看青岛是这天早上的一项活动。其实看到的是美丽的大海和目光所及的建筑。游人分批分次登上快艇后，就开始了快速地行驶。远远地看过去，位于大海岸边的青岛，宛若璀璨的明珠，被海水环抱，闪闪发光。高楼林立，层次分明。清新雅致，引人入胜。随着快艇的远离和返回，海岸边的建筑群落也随之迷离和清晰。朗朗晴天，这是大海上的又一次航行，截然不同于阴天、晚上大海航行给予人深沉的感受和体验。这时，的确让人心胸开阔，心情舒畅。下了快艇，导游说，想去看青岛啤酒瓶上那个标志建筑美景的自己去看（要付费），不想去看的自由观景。我看到大海上远处的那个标志性建筑物前已是人头攒动，热闹非凡。我想，应该在海岸边看礁石，捡贝壳，也是又一次开眼界。海水一波一波地不停冲刷着。海水退潮之后留下的大面积海滩让人惊讶不已，感叹不已。有大小不一、形态各异、发光发亮的礁石，也有一处又一处兀立的牢固的土包，还有各种形状，惹人喜爱的贝壳。这样悠闲地在海水旁边行走，捡拾贝壳，静坐沙滩，欣赏海景，别有一番情趣和意味。

沙坡头小记

一

多年前，我看到过一本名为《沙坡头——世界奇迹》的报告文学集。作者杨兆兴以翔实的资料和素材，融汇神话传说、历史故事、典型事例、沙漠奇闻和人民群众的科学实践，浓墨重彩地刻画了一幅感人肺腑的人与自然拼搏的英雄群像，以及林业工人和宁夏各族群众创造的田园式的“麦草方格森林固沙法”的成功经验。曾引起外国治沙专家和联合国的极大兴趣，被誉为“世界上首位”的治沙工程。我也知道沙坡头的高大格状流动沙岭是腾格里沙漠的一部分；我国的第一条“沙漠铁路”也从这里横穿而过。从那时起，我就有了去看沙坡头的念想。随着时间的推移，沙坡头被打造成闻名于世的旅游胜地，而我却没有时机去赴约。

二

刚看到沙坡头，我就被深深地吸引住了。眼前的黄河宽阔，雄浑，波澜不兴。缓缓地向前流动着，看不见源头，望不到尽头。黄河水为沙坡头带来了弥足珍贵的滋润和福祉，也大面积地洗涤着我身心的疲惫和心里的不安。如果把沙坡头比作伟岸的新郎，那么黄河水就是他楚楚动人的新娘。

黄河岸边的绿洲绿意茵茵，如丝如缕，氤氲着醉人的气息和情愫。为沙坡头带来了绿丝带、绿项链、绿珍珠。

不远处连绵起伏的沙漠宛若梦境，闪烁着金色的光芒，让人心驰神往。

我走得很慢，看得很认真，很投入，很热情。

三

这天游客不多，非常适合我欣赏沙坡头。

今日的沙坡头风景区由南区和北区两部分组成。都有各自的特色项目和吸引游客的地方。南区主要有黄河、绿洲、漂流、沙漠、冲浪车、骆驼等，北区有快艇、沙漠、滑沙、空中索道、骆驼。给我留下深刻印象的是无边无际的沙漠，富有曲线和层次感的沙漠，细腻而柔滑的沙漠，柔软而坚硬的沙漠，美丽而情趣无限的沙漠，让人流连忘返的沙漠……

四

我们没有停步，坐滑车从沙漠山脚下直到山上。这是惊险、新奇、有情趣的项目。以前在电视上看到过这样的画面，在细细长长的空中索道上，游客从上面很快就滑下去了，真洒脱。第一次在空中索道上滑行，我还是有点紧张。固定在索道上的不少滑车在电力的作用下不停地运转着。往上滑行的时候，人悬在空中，下面是距离很远的沙漠山谷……但新鲜的体验和感受还是藏在了心里。几分钟后，就真正到了沙漠中。离开滑车站台，我们继续向前走去。脚一踩到沙漠，有种异样的感觉很快漫过我的心田，心中的柔软和爱恋一下子蔓延开来，感觉温暖、无比惬意。和朋友蹲下来短暂休息。我用右手一遍又一遍抓起细沙，欣赏、爱抚，然后慢慢放掉。这里的沙子细腻、柔滑、晶莹、洁净、美好，在下午的阳光中闪烁着迷人的光泽，让人顿生爱意和不舍。我站起来深情地眺望，沙漠的色彩美、柔性美、曲线美、苍茫美让我感动不已。朋友是看到过这大片的沙漠的，而我是第一次见到这美好且让人心动的沙子。朋友一定理解我喜悦和激动的心情。我说："我想带一点沙坡头的沙子回去。"朋友很快从包里取出一个白色塑料袋，让我拿着，然后用纤手抓了两小把细沙，小心翼翼地装进塑料袋。是的，于我而言，这不仅仅是细沙。浸着朋友体温、气息和热情的细沙就是整个沙坡头啊！我带回六盘山下的也是沙坡头！就像几年前，我从崂山下的黄海边捡到的一块精巧、别致的石头一样，是情感、是美好、是记忆、是礼物、是回忆……

“沙坡头归来不看沙。”

我喜欢沙坡头温柔、绵软、美丽的细沙！

五

接下来是骑骆驼在沙漠中游玩。工作人员拿出淡绿色、淡红色的长筒布袋让游客套在脚上。我低声对朋友说：我真想脱掉鞋，脱掉袜子，赤脚在沙漠中走一走。其他游客脚上都套着长长的布袋，朋友也套上了淡绿色的布袋，而我没有。以前也从电视上看到沙漠中有不少游客骑骆驼游玩的情景，想着那一定是浪漫、有趣味的事情。当看到骆驼的一瞬间，我的心里很不是滋味，的确是“沙漠之舟”。骆驼身上的颜色和沙漠的颜色一样。那些高大的骆驼身上有一片一片脱掉毛的印痕，而仅有一束一束的毛也是凌乱的，还有一片一片即将凋落的皮肤。我又低声对朋友说：“我不喜欢这样，骆驼也是生命啊！”是五只还是六只骆驼，串在一起，组成一个驼队。工作人员用动作示意，那些站立着的高大的骆驼一个随一个倒地卧下，待游人忐忑不安地骑上后，再一个接一个地站起来，工作人员牵着前面的骆驼，后面的骆驼跟着向前走。但我终究不能免俗，不情愿地骑上骆驼，随着骆驼缓慢地行走，我看到的沙漠更加辽阔、更加雄浑、更加优美。从一个站点到另一个站点，我极尽目力眺望着这曾经给人类带来灾害，而多年后给人们带来向往、情趣、美感和魅力的无垠沙漠，思绪像阳光一样明亮，心情像沙漠一样迷离。

六

最惊险、最刺激的要数坐沙漠“冲浪车”了。就是在沙漠的波峰浪谷间冲浪。说沙漠探险也不为过。冲浪车较封闭。游客都系有安全带。

冲浪车快速地时而带游客冲上沙漠的高峰，时而左弯右拐，时而冲下沙漠的谷底……驾驶员让游客们都喊出声来。于是，随着冲浪车的左冲右突，忽高忽低，剧烈地颤动和颠簸，那些从北京来的年轻人个个兴奋得忘乎所以，大喊大叫。一会儿被冲浪车颠得站起来，一会儿又被冲浪车摔得左摇右晃……尖叫声、说笑声、呼喊声，把沙漠中的冲浪推向了高潮。

不知为什么，我没有喊出声音来，朋友好像也没有喊出声音来……我却暗自敬佩冲浪车司机练就的好技术，当冲向沙漠的高峰，他会在半途刹住车，让你大喊，因为你会担心冲浪车翻过来；由高处冲向低处，他也会忽然刹主车，让你惊叫，真够惊险……

彭阳二题

“简静与沉浸”中的韩聆

在1996年6月首届“老龙潭笔会”上，我认识了作家韩聆。他给我的印象是：身体瘦削、沉默，戴着近视眼镜。总是一副沉思默想的状态。记得他给我的留言是：“大道无术。”那时他还在周沟中学工作。

2000年，韩聆出版了第一部散文集《边缘情感》。我便写信祝贺。8月，他在固原让辛小慧女士为我捎来了签名的书，拿到书的时候，我心中的那份感动是无法用语言来形容的……

接下来的一段时间，我就在《边缘情感》中吮吸着乡土的芬芳和营养，感受着大自然的生机和魅力，体验着亲情的温暖和珍贵……《油灯世界》《但愿我是被骗了》《跪望母亲河》《生命深处》《小妹，你回来》《沿着土路走走》《六月·杏林·人家》等文章，竟让我热泪盈眶，一读再读。

记得当时我还写下了这样一些标题：《心灵深处的〈边缘情

感〉》，同时写下的还有：《〈空信封〉中的秘密》《〈大地清唱〉悦耳动听》《悠悠飘荡的〈野烟〉》……

2008 年，韩聆又出版了第二部散文集《简净与沉浸》和纪实文学集《是太阳，不是调色板》。我从《固原日报》上读到钟正平院长为前者写的序言《散淡而温暖的写作》，遂忍不住发短信贺喜，不料他给我打电话过来，让我既惊喜又惭愧，我的心愿和虚荣心又得到了满足……

钟院长对韩聆的为人为文，对散文文体的把握，对“喧嚣混沌迷茫的 20 世纪尾巴上唯一清澈的声音，唯一瑰丽的颜色”的几位大散文家写作的梳理和点评，对《简静与沉浸》到位的解读、欣赏和评析，都让人深感赞同，拍手称快。

这次来到彭阳，我和韩聆一见如故。午饭后，他带我去他家。在海巴小区，他和妻子精心选择的房子真可谓是称心如意。我看到他家客厅墙壁上挂着一把特别的吉他，便想起他几年前写的散文《固定在墙面上的吉他》中的句子：“……吉他斜倚在墙面上，而看上去却好像并没有刻意固定的痕迹。它温顺、沉浸、简静。早晨，从南窗投射进来一束大约两平方米的阳光，在那里形成一个枯黄色的方框，好像突然打开的另一面窗户，吉他镶嵌在窗户上显得很立体，一派簇新……”

这天，韩聆和妻子正为女儿考大学的事情忙碌着。但还是很有耐心地领我观赏了他家的空中花园，并和我坐下来聊天。我也见到韩聆白发苍苍的父亲。因为这个花园中美丽的花草，因为花园上空的蓝天白云，因为花园对面逶迤的山峰，一位辛劳大半生的慈祥的父亲足不出户便可以和大自然亲近，在大自然中休憩，可见韩聆煞费苦心。

我被这个空中花园深深地吸引住了，这在今天遍地的水泥森林中，而且在楼房的顶层，的确是难能可贵。花园有20多平方米，均等地分为两部分。中间是较宽阔的走道，放有一张圆形的石桌，周围还有小石凳，整体设计完美无缺。此时正是盛夏时节，空中花园里的鲜花开得正艳，草色叶子绿得正欢。两部分花园中种植着大致一样的花草，有蝴蝶兰、九月菊、芍药、月季、牡丹……韩聆逐一给我介绍花草的名字和生长情况。

“简静与沉浸”的韩聆，大地与青草气息的韩聆，诗意与信念的韩聆，感伤与哲理的韩聆，现代又古典的韩聆，坚守与矢志不移的韩聆……你是彭阳的一道风景，你更是文学的一道风景……

马江驰的几篇作品

我是在报刊上认识马江驰的。

他由“钢骨铮铮硬碎不弯的石”感悟到《山之石，人之骨》的重要和珍贵，是非常贴切的比喻。也提醒人们，在当今社会，骨气是一个人生命质量的“试金石”……“石是山的骨，骨是人的魂；山不可无石，人不可无骨。”“由土构成的山不可能崔巍高大，因为土是松软的，松软就缺少钙质，缺少钙质就容易流失，流失就不可能挺拔。”而“有的人骨头松软，缺少钙质，面对名利，丧失人格，趋之若骛；面对权贵，趋炎附势，阿谀奉承；面对残暴，知难而退，委曲求全；面对外敌，丧失尊严，卖国求荣……”

《校门口的守望》让我知道马江驰是位老师，也是一位有良知、有爱心、有责任心的教育工作者。作者通过校门口这一习以为常的场景，细致入微地刻画了“门外是远道而来的为孩子送东西的家长，门内是翘首期盼等待取东西的住校生”两群人喜怒哀乐、酸甜苦辣的生活和故事……“我心里酸酸的，总不是滋味。”这是马江驰老师看到一个父母在外打工的学生在校门口守望，又失望而归的失落而迷惘的眼神时的真实感受。生活中许多像这样催人泪下、感人肺腑、引人深思的情景，更多的人是视而不见、充耳不闻的……

《小时候，妈妈对我讲》则通过“仇怨的乳头”“恶毒的糖果”“绿叶叶红杆杆的东西”三个我们耳熟能详的故事，警钟一样敲响我们每一个家长的心房，在教育孩子的时候，“要把爱和严统一起来，而不是放任自流的溺爱，严是爱，惯是害；孩子就像成长期的小树，难免有些旁逸斜出，它需要父母或别人及时修正。现实生活中，某些甜蜜的东西，往往是侵蚀你灵魂的毒药，是蛊惑你走向地狱的诱饵，是引诱你沉沦灭亡的陷阱；人应常怀一颗感恩之心，无论你走到哪儿，千万不能忘记哺育过你的山山水水，不能忘记生你养你的父老乡亲”……

“苦杏树的魂不在花上，而在仁里。”一篇《苦杏树》，让人耳目一新、感同身受。作者用“苦杏树”“青杏的酸苦”“杏仁的苦涩”“生活的甘苦”“苦杏仁”等词句，写出了西海固大地上杏树的灵魂，道尽了彭阳人的苦，西海固人的苦……“苦杏树啊，家乡的树！你多像家乡的人！”“你生长在寒山瘦水里，严冬的风雪曾撕咬你的每一寸肌肤，你却傲然挺立在黄土高坡；料峭的春寒考验你的每一朵花蕊，你总是把所有的艰辛藏起，如期在四月天绽放生命的全部美丽，任花飞花落花满天，总会有许多顽强的花朵孕育成果；夏天的酷热蒸发着你身上的水分，你却总忘不了给人们一片绿荫，憨厚地捧给人们生津止渴的肥杏。”的确，灿烂的杏花美艳，而杏子、杏仁更能体现杏树的意蕴和精神。“还有谁能赏得杏花，品透杏仁，读懂杏树？也许只有曾和苦杏树患难与共的人了。”

《我们的教学楼能抗几级地震》。他引用 2008 年 5 月 12 日汶川特大地震造成多所学校教学楼倒塌，致使许许多多教师和学生遇难的事例，向世人特别是各级领导干部和建筑施工者发出了振聋发聩、警钟长鸣，不能泯灭良知的一问：“我们的教学楼能抗几级地震？”充分体现了一位教育工作者应有的良知和责任感。

…………

及至见面，他魁梧的身材、洪亮的声音、熟悉的称呼、爽朗的笑声、热情的问候，一下子打消了我的顾虑和局促，真有一见如故的感觉。

跟他来到他的办公室，我才从门牌上得知他已是副校长。我更加感到贸然和不安。他却若无其事，老朋友似的笑谈着。他为人做事的雷厉风行给我留下了深刻的印象。

我只有在心里默默地说：久违了，马江驰老师！

野荷谷

荷花谷。荷花苑。野荷谷。

无论怎么称呼，都没有改变你美丽的容颜和摄人心魄的魅力。

随着时光的流逝，有多少匆匆过客带着世俗和污浊，就像侵入者，喧闹而来，喧闹而去。

当然，也有不少与你心灵默契者，默默地欣赏着你清水出芙蓉般的清纯和美丽，惊叹着你超凡脱俗般的干净和自然，感动着你宠辱不惊般的淡然和生机，在你的世界里，静静地站一会儿，或静静地坐一会儿，恋恋不舍地回去后，用诗意的、心灵的文字，写下水灵灵的你，写下圆润饱满的你，写下生机勃勃的你，写下绿意盎然的你，写下风情万种的你，写下团结友好的你……于是，一条布满野荷的山谷，一条流淌着清澈见底溪水的山谷，一条生长着葳蕤树木的山谷，一条有青山直插云霄的山谷，因为他们的眼睛和心灵，你愈加生动亮丽起来。

多年前，我与你失之交臂，但是我相信，我们总会相遇的。

这一相遇，你就永远地停留在了我的心里。

初读西吉

初到西吉

我生在春天。从小到大，每一个春天对我生命的润泽，给我带来心灵的震撼是无法用语言来表述的。这是大自然的魔力和魅力留给我一生一世的爱恋、敬畏和感恩。一个又一个如约而来的春天，我都用孩童般的眼光和成人般的痴情去感受，去抚摸，去拥抱。

我也因此相信，在春天，在我的生命中，将会发生许多许多故事。比如第一次去西吉，就是在大自然中的万物复苏之后，树叶渐绿渐大，小草渐长渐高，花朵愈开愈盛，庄稼苗愈长愈茁壮的如梦似幻、景色醉人的春天……

说真的，去西吉的念头早已在我心里生根发芽，并根深蒂固。关于西吉的话题太多太多了，不只在固原，在宁夏，甚至在全国，都说不尽，道不完……

春天的一个下午，我坐班车去了西吉。刚到西吉地界，就看到印有“西吉人民欢迎您”的巨大牌子和热辣辣的欢迎词。我心里不由一震，并开始有些激动。

也许因了文学气息的氤氲、滋润和潜移默化，一路上，我透过车窗，望见天空格外蓝，没有一丝云彩；温暖的阳光像无声的呼唤一样，唤醒着天地间的万物。碧绿碧绿的是绿遍天涯的小草；绿油油的是一片又一片小麦苗；还有一棵棵普通而生命力强盛的白杨树、柳树，那沉默了一个冬天的无数枝条上生长着秘密一样的叶芽，绽开着绿意沁人心脾的叶片；更有一树又一树默默而又无比热烈、美得让你无法言说的开放的桃花、杏花、梨花……这一切，无不让人对西吉产生梦幻般的向往。

过了玉桥，又过了兴隆、单家集、将台等乡镇、村庄，人来车往，好一派繁华、忙碌的景象。高耸、威严的中国工农红军长征将台堡会师纪念碑等建筑也一闪而过，不免给人留下无尽的牵挂和臆想。

班车在山路上行驶着。我紧靠着车窗，初读着西吉的天空，初读着西吉的山，初读着西吉的树，初读着西吉的水，初读着西吉的田野，初读着西吉的鸟语花香，初读着西吉的绿色、红色，初读着西吉的人……

“全国科普示范县”“全国双拥模范县”“全国劳务输出第一县”“全国文化先进县”“全国体育先进县”“华夏钱币第一县”等醒目的称号和累累的硕果标识牌怎能不让人睁大探寻的眸子和进入的冲动。而“中国马铃薯之乡”“中国文学之乡”等美誉则无疑像魔力一样，吸引精神朝圣者在西吉的大地上感受、品味；

在西吉的山水间熏陶、濡染；在西吉的绿树花草鸟鸣中迸发灵感的火花；在西吉的蓝天下沾一沾文学艺术的阳光雨露……

公路宽阔了，干净了。

高楼出现了，明亮了。

到了西吉，下了班车。有种连我自己也感到吃惊的感觉，因为我没有丝毫的手足无措，像回到了自己的家一样，心里踏实、愉快。这是我到任何地方都没有的感觉。

终于到了西吉，我终于了却了自己多年的夙愿。

站在街道上，我开始给朋友李君打电话……

永清湖畔的灯光

应该说，永清湖是西吉县留给我印象较深的事物之一。

晚饭后，我提议到街道上散散步。这对我来说，是阅读西吉的宝贵机会。这时街道上的行人并不多，和我刚到西吉时的感觉一样，县城的人不是很多；而且我的另一个明显的感觉是，人们的生活节奏不是太快，县城开发建设的力度不是太大，市场经济的大潮也不是太汹涌……这是不是西吉地域面积大，人口居住相对分散给我造成的错觉？以前我知道西吉县有 40 多万人口，是隆德县的两倍。后来我从资料上得知西吉县城有居民约 4.8 万人。

走着走着，就走到了永清湖。恰好在乡下教书的诗人斌这天也在县城。李君便打电话约他过来。

永清湖像西吉县城一颗璀璨的明珠，镶嵌在县城的东边。宽阔，洁净，美观，靓丽。其占地面积 31.27 公顷，有水域 110 亩，主入口广场面积 3623 平方米，人行踏步面积 3100 平方米。在湖前的广场和湖边的小路上漫步，我没有看到纸屑和其他杂物。在清澈的湖水和落日余晖的映照下，散发着一种明亮、耀眼、迷人的光晕。走廊、凉亭、亭榭、假山环湖而建，为永清湖增添了别样的景致。路灯、彩色瓷砖、青色瓷砖，鹅卵石都做到了精心选择和布局，让人赏心悦目……

在湖前的广场上，有用生动活泼的十二生肖图案支撑的座椅。供散步者休憩和观景之用。其惟妙惟肖、憨态可掬的形象让人过目不忘。

我们在寂静的永清湖边走着，闲聊着。从李君、斌的言谈和喜悦的表情中得知，永清湖的确为西吉县城增添了亮色和美色，为人们增加了娱乐、休闲、运动的好去处。因为以前这里是一个积水的沟道和大坑，环境也不好。真是今非昔比啊！这也是决策者在西吉大地上变废为宝，化腐朽为神奇的精彩一笔。我也按捺不住兴奋，悄悄地把永清湖的风景收藏进心里。清澈的湖水给人心旷神怡的美感。细细的波纹不停地涌动着。宽阔、悠长的湖面给人一种平静、悠远的遐想……

黄昏过后，天色渐渐暗了下来。花灯次第亮了起来。永清湖便又呈现出灯影绮丽的景致。

目睹着湖水中梦幻般的灯光和摇曳多姿的灯影，李君情不自禁吟诵起一些宜于此情此景的优美佳句，我和斌认真地听着，我们都有些陶醉……

暮色已经笼罩了大地。永清湖边移动着三个与文学有关的身影。从远处看，湖水中的乳白色灯影和昏黄色灯影拉得长长的，仿佛一条条优美的飘带，在湖面上轻轻地摇动着。天空宁静深邃，有稀疏的星宿。远山、树影、灯光依稀可辨。一弯新月挂在西天。

我不由得想到朱自清散文名篇《桨声灯影里的秦淮河》中的句子："那晚月儿已瘦削了两三分，她晚妆才罢，盈盈地上了柳梢头。天是蓝的可爱，仿佛一汪水似的；月儿便更出落得精神了。岸上原有三株两株的垂杨树，淡淡的影子，在水里摇曳着。它们那柔细的枝条浴着月光，就像一支支美人的臂膀，交互的缠着，挽着；又像是月儿披着的发。而月儿偶尔也从它们的交叉处偷偷窥看我们，大有小姑娘怕羞的样子。岸上另有几株不知名的老树，光光的立着；在月光里照起来，却又俨然是精神矍铄的老人。远处——快到天际线了，才有一两片白云，亮得现出异彩，像是美丽的贝壳一般。白云下边是黑黑的一带轮廓；是一条随意画的不规则的曲线。这一段光景，和河中的风味大异了。但灯与月光竟能并存着，交融着，使月成了缠绵的月，灯射着渺渺的灵辉……"

湖边，一座高大、雄伟、陡峭，造型美观的假山出现在我们面前。停下脚步，我仰望这座人工的大山。在夜色中，山体、山脊、山谷历历在目。我走近摸了摸，的确是石山。铸造这么高大的石山，需要多少智慧、胆识和力量啊！

在玲珑精巧的鹅卵石铺成的小径上，也别出心裁地铺有计划生育、劳务输出、家庭美德、和谐团结等有关内容的句子，李君边走边一个字一个字地给我读着，在灯光下，这样的提醒更让人觉出建设者的良苦用心和深远的意义。

在距离灯较近的湖畔，那明亮的灯影又是另一番景致：一团又一团昏黄色和乳白色的光晕漂泊在湖水中，不停地晃动着……

…………

“永清湖”，西吉县美丽的人工湖泊。

永清湖畔的灯光，西吉县留给我如梦似幻的记忆！

文学的露珠

记得李成福先生在一篇文章中写道：“西吉的每一株草尖上，都挂着文学的露珠……”形象而贴切地点明了在西吉的天空下大地上，文学有着多么丰富而优美的世界。

早在20世纪80年代，一帮文人就因一份油印刊物《葫芦河》在西吉上上下下产生了不小的轰动和影响。特别是近年来，西吉的文学成就不只在宁夏，甚至在全国，已经成为人们津津乐道的话题。西吉土生土长的作家获得了“鲁迅文学奖”“冰心文学奖”“人民文学奖”“春天文学奖”“全国十大青年诗人”等称号，为西吉人争了光，也为宁夏人争了光；有两部文学作品集入选中国作协“二十一世纪文学之星丛书”；并有小说集被评为“最佳影视小说”；西吉籍作家出版各类文学作品集近30部……这些光环和魅力吸引着多少目光和脚步走进西吉，品味西吉，阅读西吉，感受西吉，触摸西吉，仰望西吉……

随便一提，叫得响的西吉作家就是一大串：郭文斌、火会亮、了一容、牛学智、单永珍、伙仲舫、古原、郭宁、周彦虎、马存贤、马金莲、李义、何强、李耀斌、赵炳庭、李继林……

而更年轻的作者有近百人之多。

如此郁郁葱葱、生生不息的文学树林和累累硕果，已成为宁夏甚至全国一道引人入胜、百读不厌的风景。

因此，我坐班车一到西吉的大地上，天地间弥漫的浓浓的文学气息和春天绿树花草雾岚鸟语的美景。竟让我精神振奋，并生出急切的向往和冲动……

来到西吉文联，看到的是宽敞、明亮、整洁、干净的办公场所和现代化的办公设备。有历届领导的关心和大力支持，有独立的机构和编制，有经费保障和敬业精神的工作人员，这恐怕是西吉县文学艺术事业蓬勃发展的主要动力。李义向我引见了文联的郭宁。郭宁其文，我早就在报刊上读到过。见人还是第一次，他良好的精神状态给我留下了深刻的印象。握手，问候，短暂的交谈。他对未来西吉文学艺术事业更大的发展和辉煌充满了信心。他热情地给我赠送了签名的散文集《如梦西域》。他也为翌日将举办的西吉县花儿歌手大赛忙碌着……

由西吉县文联主办的文学刊物《葫芦河》，已经成为文学园地的一朵奇葩。由著名作家张贤亮题写书名，第四届鲁迅文学奖获得者郭文斌担任名誉主编，县主要领导担任策划、主编。其装帧设计、稿件质量、印刷质量都超过了国内许多市级刊物。成为西吉县对外宣传的一张亮丽的“名片”。

《中国作家》杂志社和《人民文学》杂志社给《葫芦河》的

创刊题词分别是：“愿西吉文学走向全国。”“人杰地灵，文学富矿。”

请听听由西吉走向全国的优秀作家的心语：

“葫芦河，既是母亲之河，也是怀念之河。现在，他又变成了文学之河，我衷心地祝愿这条文学之河，早日流向中国文学的大海，成为社会主义和谐文化海洋中最为美丽的浪花。”（郭文斌）

“西海固仿佛诺贝尔文学奖得主马尔克斯笔下的一个小的拉丁美洲。西吉是西海固的心脏，它神秘、魔幻。《葫芦河》是这片文学圣土的渊源。”（了一容）

…………

由“文学的露珠”到“文学的河流”，再到“文学的海洋”，这是西吉文学发展繁荣的必然之路，也是西吉文学诱人的风景线……

友谊地久天长

和李君走在街道上，我给同学俊明打电话，不料他回了过来，原来他在陕西某地办事。他一再地向我表示歉意，其热情和诚意让我惭愧不已。我去西吉之前没有给他说，好像这事成了他的错……

我记得俊明是平峰乡陈滩村人。其性情耿直，诚实内向，爱憎分明。他和我在银川同窗四年。来自山沟沟里的我们在城市里度过了我们生命中最美好的年华，也一同品尝了生活的艰辛和酸楚。我们都向对方倾诉了不与他人言说的心事……

学校毕业后，我们正赶上改革开放的春风吹遍大江南北，市场经济的大潮也汹涌在长城内外……

一别数年。

后来，他和我一样下岗失业，成为社会的弃儿。几年前他因事来过隆德。

我听说他自己开着门店，但并不顺利。生活在最底层的人，难免被风吹着，被雨淋着，被浪打着……于是，我又给另一位同学打电话，她问："你在哪里？"我说："我在你们永清湖。"她说安排好住处后给她打电话，她要过来。

过了一段时间，我还没有打电话，她的电话又来了。让我到她那里去……我说我们要到一位文友家叙旧……

"……我特别想见你一面，这么多年了……"她的话说得我泪眼迷蒙、百感交集……

我们相距并不远，这么多年，却没有见过面……生活，多么真实而无奈的生活啊！

我也想到这位同窗四年的同学。那时的她多么浪漫和潇洒，一个无拘无束的女孩……三毛等诗人、作家是她心中的偶像。她曾经的理想是"做一名马背上的流浪诗人"……那时的我也不"安分"，不断信笔涂鸦。班主任给我的毕业留念册上写的留言是："能飞出去固然值得庆幸，飞不出去也无须悲伤。你不见那荒山秃岭间，有一间小屋，就有一缕炊烟吗？四季之花将为你美丽地开放，只要你永不凋谢的灵魂在悄悄地飞翔……"

这位同学也给了我不少帮助和心灵的抚慰，让我终生铭记。

走向社会十多年，她没有做成诗人，而是走上了领导岗位，现在是某乡的副乡长……

…………

“友谊地久天长。”我在西吉的同学俊明，还有她，让我再一次体验到了友谊的温暖和珍贵。不管远近，不管见不见面，只要心中有，只要永远不忘记……

相见时难

我和李君、耀斌还没有离开永清湖，李君就给继林打电话，说我们过去一聚。但是我们又在新文化书店停留了近半个小时，这让继林在他家楼下等了半个小时……

对于继林，我并不陌生。时不时在报刊上读到他的散文和小说。第一次见面之前，我们都在心里猜测着对方的音容和样子。

当我们走近的时候，却不见继林。原来他没有穿外衣，又等不来我们，回家穿了一件衣服。看见我们的时候，继林歉意地笑着。山城春天的夜晚，天气的确很凉。互相紧紧握住对方的手，亲热地问候着。

来到继林家里，他说：我的样子和他想象中的差不多。我们开始喝酒，举杯相碰，一饮而尽。李君喝的是白开水。

白酒下肚，热血沸腾，激情奔涌，气氛热烈。几个人的话多了起来。当然，更多的谈到李君。李君这家伙，工作兢兢业业，一丝不苟；对于写作，更是一往情深，刻苦勤奋。其作品不多，质量却不低，有小说被《小说选刊》选载，有散文被《散文选刊》选载。他却在生活中把自己搞得一塌糊涂。继林给他传授经验；耀斌劝他不要再拖；我也直截了当地说：“今年年底以前，你给我们把事情办了……”这事情是指李君的婚姻大事。

对我们的左右开弓，李君显得手足无措，不知如何解释。我想：李君自有他的痛苦和忧伤，也不知那个她究竟在哪里？

“有缘千里能相会，无缘对面不相识。”也许这是对爱情最好的诠释吧！

我们还谈到了从西吉走向全国的作家郭文斌、了一容……

夜已经很深了。

李君起身和我们告别。

在西吉长长的空荡荡的街道上，在昏黄的灯光下，李君一个人孤独地向他的住处走去……

清凉谷

清凉峡谷是清凉寺风景区的主要看点之一 。其宽阔、幽深、静谧、优美。两边险峰危崖对峙；山上原始森林郁郁葱葱；谷内奇花异草遍地，怪石良药野果满目；长长的清凉溪潺潺淙淙汩汩终年不歇；小桥凉亭石凳古朴典雅；曲径精美别致；若天籁之音的鸟鸣回响于密林耳边；离奇的传说、故事让人流连忘返、回味无穷……

的确，一天半天你是领略不尽清凉寺风景区的神秘和韵味的。

走进 10 公里有余的清凉峡谷，你仿佛真正走进了天造地设的清凉世界——扑面而来的绿色青翠欲滴，沁人心脾；脚下清澈见底、千转百回的溪水时缓时急；五彩缤纷的花朵芬芳扑鼻，俯拾即是；凉风习习、白云悠悠……

大多游人乘车到宽阔、整洁的停车场后，只匆匆地观赏一下乳白洁净、飞檐立柱的“清凉世界”山门，来不及仰望“天爷顶”的前山——“清凉山”，便又乘车从清凉山下的道路向清凉峡谷行进，只能眼巴巴地经小小的车窗望着偌大的清凉水库的涟漪和清澈……

再到车停下，已是清凉峡谷的深处。只见阔大的峡谷两边险峰危崖对峙，层峦叠嶂，形状千奇百怪，有的直立，有的横斜，有的俯冲，逶迤连绵，让你惊叹不已。左边起伏不绝的大山向阳，山上树木、花草相对少一些；而右边高高隆起的连绵不断的山峰被密不透风的原始森林覆盖着，满眼的生机，满眼的葳蕤，满眼的碧绿，满眼的清凉和惬意。

走进绿草如毯的峡谷，你时不时要涉足而过欢快流淌的清凉溪，在感念其清澈和悠然自得的同时，你不能不被遍地的奇异花草所吸引，所折服，所陶醉。就说那清凉溪边一望无垠的田田荷叶和亭亭玉立的荷花吧，密密生长着的荷叶滚圆碧绿，如盖如伞，似掌若帽；而朵朵超然绝尘，鲜嫩娇羞的荷花仿佛天使一样迎接着你热辣辣的目光……还有无处不在的纯黄色的胭脂花，在绿草丛中格外引人注目，待细细欣赏和品味时，你总觉得有些异样和忧伤的气息弥漫着。关于胭脂花的由来，也有一段迷离凄美、令人寸断肝肠的传说：远古的时候，广成子在位于南凤山上的石窑寺修炼，因喝不惯当地的水，时常派他的随从——一个俊秀的男童不远万里去河南的龙门石窟附近取水。一回生，二回熟，这位多愁善感的男童竟然与龙门石窟的一位含情脉脉的美丽女童相互产生了爱慕之情，广成子发现后，觉得此事非同小可，不能任其自然发展。于是，他神色严厉地把自己的男童困囚于清凉峡谷的深处……时间过了一天又一天，深陷情爱旋涡的美丽女童盼星星盼月亮，怎么也盼不来他的心上人。有一天，她决定只身一人千里迢迢来到清凉峡谷寻找他。可是，任凭她走遍清凉峡谷，任凭她千呼万唤，就是不见他的踪迹。在清凉峡谷中，她不停地行走，伤心至极，泪水洒遍清凉峡谷的草地，不久，草地上长出了千朵万朵黄艳、姣美的花朵……后来，人们把这些看上去凄美无比的花叫作“胭脂花”……至于春天的山桃花、探春花、芍药、牡丹、樱桃、海棠、丁香等黄澄澄、红艳艳，紫腾腾，似雾若霞，红中透粉，粉中凝红，遍布清凉谷中的草地山坡危崖，如点如染如描如绘，粉绫红幔，流香溢彩；夏季的月季、玫瑰、夏菊、鸡冠花、千日红、一品红、鹅冠草、四季早熟禾、山棘豆等五颜六色，相映成趣，美不胜收。身临其境，清凉世界的万花筒不能不令你如醉如痴，如梦似幻……秋天的清凉峡谷更是五光十色、光怪陆离。会让你眼花缭乱、目不暇接。有红于二月花、黄于油菜花的霜叶；有赤橙黄绿青蓝紫色的野菊花；有金黄金黄令人垂涎欲滴的沙棘果；还有蒲公英、盘贝、灯花、茯苓、冬虫夏草、贯众、毛良等不胜枚举的名贵中药材……

在清凉大峡谷中，草棚凉亭、小木桥也是一道道古朴、原始、典雅的风景。一个又一个用苇秆搭成的简易、自然的草棚小亭是游人歇脚、观景的好去处。小亭用 6 个或 8 个带皮的粗木柱支撑着上面厚厚的苇秆，亭内有木桌，有用大树根做成的木凳围桌默然而立。见此情景，你一定会忍不住走近，在小亭内的木凳上坐上那么一会儿。不做任何修饰的简朴的小亭仿佛武侠电视剧中的场景，让人浮想联翩。设想一个个高人一跃而上，站在亭顶，手执利剑，傲视对手，矫健的身影和潇洒的动作永远留在了草亭上……而一座又一座精心用圆木棒搭成的或直或长或短的小木桥掩映在绿树和花草中。桥下是清澈的溪水。轻轻走过小木桥，看着赏心悦目的流水，还有嫩绿的苔藓，光滑的大小石子，你的心里怎能不泛起一波又一波诗的旋律、歌的韵味？抑或静立小桥边，手扶木栏，细听流水声和鸟鸣声，尽情地欣赏峡谷内迷人的风光。

一个秋日的午后，我们一行十余人在风景如画的清凉谷中观景览胜、流连忘返。一会儿走在精美的清凉小径上，一会儿脚踩清凉溪水中的石头，一会儿走过小小的木桥，一会儿倚桥而立……不断听着离奇、诱人的传说和故事，我真有一种相见恨晚的感受。此时的清凉谷中空旷宁静，馨香扑鼻，凉风阵阵，溪水淙淙，绿色满眼，鸟语声声。天色向晚，蓝天深远，飞鸟归巢，晚霞脉脉。我被密林中悦耳动听的鸟鸣声深深地吸引住了，是啊，这是久违了的天籁之音，这是自然界中纯粹的音乐，这是拨动人心灵的琴弦……我正凝神聆听，北塬激动地大声说：“你听，鸟声。你听，鸟声。”他一连说了两遍。真的，我们都被这清脆、悦耳的“啁啾，啁啾”声感动着，穿透着，净化着，提升着……

清凉谷，六盘山近旁一条让人念念不忘、游牧心灵的大峡谷。

代后记：《越来越淡》

这些年，我一直为生活奔波和劳累。但是，心中的爱恋和坚守我始终没有放弃。有些时间用来散步。我散步，因为我悲伤；我散步，因为我喜欢散步。散步带给我休憩，散步带给我愉悦，散步带给我感动，散步带给我思考。有些时间用来阅读、思考、写作。阅读带给我思考，思考带给我写作，写作带给我心灵的抚慰和释放。

我不多的文字只是我对生活的经历和思考的真实记录。有对与父亲母亲连同生我养我的村庄物件的记忆和怀念；有对平常生活酸甜苦辣的叙述和印痕；有对大自然中生命的喜爱和敬畏；有对不多的旅途见闻的白描和感想。于是就有了“故园”“岁月”“天籁”“行走”的分类。偶然读到名为指尖《风过闻花香》中的文字：“花草树木或许是最从容的生命个体，开在太阳底下跟开在雨底下亦没有多少区别，灿烂憔悴，美丑肥瘦，全无半点遮掩，透明，真诚，恭恭敬敬，原来是要令世间人遂生愧意的。”我觉得是写出了我的心里话。一直喜欢古人“物我两忘，天人合一”

的淡然淡泊的生命意境和境界。“天籁回音”一词借用于一份小报纸，我的几篇短文发表于该报时，就在《天籁回音》这个栏目中。于是，取书名为《天籁回音》。我是凡夫俗子，食人间烟火。在物欲横流、势利浮躁、欲望疯狂、信仰缺失的现实生活中，我的这些话是不合时宜的，是落后的，但是，我遵从内心的真诚和真实。

到现在，我对自己的评价是：学识浅，见识少，底子薄，学习差，视野窄。因此，我文字的单薄和浅薄是显而易见的。

这些年，承蒙编辑、老师、朋友的指导、扶持、鼓励、厚爱和帮助，他们不嫌不弃，删减润色，让我的一些文字见诸报刊，给了我信心，给了我力量，才使我有勇气把自己的文字整理成册。

我很欣赏朋友程耀东的一段话：“一个作家、诗人或者文字写作者，不管他一生写了多少字，出了多少本书……这些都不重要，重要的是看他的书被多少人阅读，传了多久、播了多远，在时间过滤后的年月里依然被人们阅读着，这才是最真实的。”

没有过多的奢望，希望我的文字中，有一两篇，或一两段能为读者朋友留下心灵的共鸣就释然了。

编辑家李成福先生说：“多行善，勿作恶。”作家陈继明说：“世界的存在就是为了成为一本书。”我体会到：人的存在就是为了自己的生活、别人的生活更加平顺、愉快、幸福；就是为了社会更加和谐、安宁、进步；就是为了世界更加和平、稳定、美好，但是，往往事与愿违，有时候有些人的所作所为是相反的，背道而驰的。因此，说很多人都是有罪的，一点也不为过。

感谢张铎、火会亮、邵永杰、杨风军、火仲舫、程耀东、田鑫等良师益友，在我写作的道路上，一直鼓励、帮助、指导我前行，这份情谊我深深地铭记于心。

感谢黄河出版集团阳光出版社社长、诗人唐晴老师，感谢责任编辑杨皎、陈建琼，阳光般的情谊温暖着我的心。

诗人、评论家张铎先生在百忙中乐意为《天籁回音》一书作序，之前还深入到我文字的字、词、句中，进行剖析，撰文推介。多年前，在固原见过张铎先生一面，后来与先生在网上问候、交流，先生给予我不懈的鼓励、肯定和教诲。让我内心温暖、感动。

“坚持散文创作多年的刘向忠，善于撷取生活中常见的物象，通过深情地描绘，表达自己对生活的无比热爱和对故乡热土的深情厚谊。他的看似平淡的文字背后，埋藏的其实是炽烈的浓情深义。”几年前，作家、编辑火会亮老师的点评语让我怦然心动，让我深感赞同，也让我更加惭愧。在忙碌的工作中，火老师不避我文字的单薄，毅然为《天籁回音》一书赐序，并指点迷津。

是的，还有更多的名字，还有我的家人，我会把你们珍藏在心灵深处，生命深处。

越来越喜欢平淡、真实、真诚、质朴的人和事。也向往平平淡淡，平平安安，平平顺顺，平平和和，平平静静的生活和生命状态。

越来越淡，是我生活的必然。

越来越淡，是我写作的必然。

越来越淡，是我生命的必然。

2014 年 9 月于山城隆德